博多豚骨ラーメンズ13

木崎ちあき
イラスト／一色 箱

馬場探偵事務所にて——

博多豚骨ラーメンズ 13

HAKATA TONKOTSU RAMENS

始球式

「あなたには、どうしても殺したい人がいます。動機は何でも構いません。たとえば、その人に恋人を殺されたとか、その人の財産目当てだとか。ただし、どうしても殺さなければなりません。さて、あなたはどうしますか？」

福岡《ふくおか》市内の貸会議室に集められた五人の転職希望者に向かって、面接官は質問を投げかけた。

「それでは、左から順にお答えください。まずは、スズキさんから」

指名された男は即答した。「私は、交通事故に見せかけて殺します」

質問する側もされる側も、全員がビジネススーツを身にまとい、ごく普通の社会人といった風貌をしている。どこからどう見ても一般的な採用試験。傍《はた》から見れば誰もがそう思うだろう。交わされている物騒な問答を除けば。

手元の履歴書に視線を落とし、

「スズキさんは、以前は多国籍マフィアに所属されていたんですね？」

と、面接官が問う。

「はい」男は頷《うなず》き、落ち着いた声色で答えた。「前職は華九会《かきゅうかい》の組員でした」

「ほう、華九会ですか。なかなか大きな組織にお勤めだったんですね。ちなみにそこでは、どのようなお仕事を？」

「幹部の付き人をしていました」

今回の採用試験――表向きは人材派遣会社の中途採用面接という体だが、実のところは殺人請負会社【マーダー・インク】による入社テストだ。パイプ椅子に座っている五人の転職希望者たちも、全員が元ヤクザや元半グレ、元詐欺師などという後ろ暗い犯罪歴をもつ人物ばかりで、裏社会の再就職先を求めてここに集まってきた次第である。

「それでは、次の方。ヨシダさん、お答えください」

促され、隣の席の男が口を開く。「私も、事故に見せかけて殺しますね。酒を飲ませて泥酔させせて、そのまま風呂の中に押し込んで、溺死させるとか」

淀《よど》みなくそう答えた男に、面接官は身を乗り出した。「具体的ですね。経験がおありですか？」

「ええ、前に一度だけ」

「履歴書によると、以前は【川端《かわばた》コールサービス】にお勤めだったそうですが、どのような業務を？」

「主に架空請求詐欺です」

採用試験は終始穏やかな雰囲気で、滞りなく進んだ。面接官たちは闇企業に勤めているとは思えないほど爽やかで、にこやかな表情を崩さない。適度に相槌《あいづち》を打ち、時折メモを取りながら相手の話に耳を傾けている。

「では、お次の方――」面接官の視線がこちらに集まった。「馬場《ばんば》善治《ぜんじ》さん、お答えください」

ようやく自分の番が回ってきた。椅子に座り直し、背筋を伸ばす。太腿《ふともも》の上に置いた掌《てのひら》を軽く握り、馬場は愛想笑いを浮かべた。

「どうやって殺すかは、その動機によりますね」

こちらの回答に、面接官は首を傾《かし》げている。「……と、いいますと？」

「金銭目的の場合だったら、使い慣れた凶器で殺します。相手が極力苦しまないように、急所を刺して」

「ほう、なるほど」

「ですが——」

面接官の顔を真っ直《ます》ぐに見据え、馬場は言葉を続けた。

「たとえば、標的が親の仇《かたき》で、動機が復讐《ふくしゅう》だというなら……最も苦しむ方法で殺してやりたいです」

1回表

一月中旬。今日は特に冷える夜だった。あまり雪の降らない福岡市内にも珍しく粉雪が舞っている。コートのポケットに掌を突っ込んで暖を取りながら、馬場は中洲《なかす》のネオン街を歩いていた。

温かいものでも食べてこの寒さを紛らわせたいところだ。提灯《ちょうちん》の明かりに吸い込まれるように、足は自然と屋台街へ向かっていた。馴染《なじ》みの屋台【源ちゃん】の暖簾《のれん》を潜《くぐ》り、白い息を吐き出しながらラーメンを注文したところで、カウンターの向こう側にいる意外な人物に目が留まった。

「……あれっ？」

屋台の中で働いているのは、店主の源造《げんぞう》ではなく、斉藤《さいとう》だった。

馬場は目を丸くし、せっせとカウンターを拭いている若い男に声をかけた。「なんしようと、斉藤くん」

「代打たい」答えたのは源造だ。「俺がギックリ腰やってしまったけん、手伝ってもらいようと」

当の店主はビールの樽《たる》に座って足腰を休めている。「暇ですから、俺」と斉藤が自嘲気味に答えた。

「ギックリ腰かぁ、そりゃ災難やったね」

その昔、伝説級の殺し屋だった彼が引退を決意した理由も、たしかギックリ腰だったと聞いている。肉離れと同じで、あれは一度やると癖になるというし、完治するようなものでもない。特に、ここ最近の凍えるような寒さは老体に堪《こた》えるだろう。

「俺も若くないけんねぇ」源造は苦笑し、屋台の柱を拳で軽く叩《たた》いた。「コレをここまで引いてくるのも、もうしんどくてたまらんばい。そろそろ引退も考えんとなぁ」

屋台を畳む意向を示唆する店主に一抹の寂しさが過《よぎ》る。それを振り払おうと、馬場は明るく笑い飛ばした。「この店がなくなったら、俺はどこでラーメン食べたらいいとよ」

「そうですよ」斉藤が同調する。「まだまだ続けてもらわないと」

源造が仕込んだラーメンを、斉藤が盛り付け、瓶ビールとともに差し出した。

いただきます、と手を合わせていると、

「そんなことより馬場、今日はどうしたんや。珍しい格好しとるやんか」

と、源造が話を振ってきた。

グレーのスーツに、レジメンタルストライプのネクタイ。普段着とも仕事着とも違う格好である。馬場は麺を啜《すす》りながらその理由を答えた。

「今日、面接やったとよ」

「面接？」

「うん。中途採用面接」

「なんやお前、転職するとや？」源造が目を丸くした。「どこの会社ね？」

「マーダー・インク」

馬場の答えに、斉藤はぎょっとしていた。「馬場さん、あの会社の面接受けたんですか！」

「だって、斉藤くんが言ったやん。あの写真の人、マーダー・インクの社長に似とるって」

例の写真——産婦人科医の不破雅子《ふわまさこ》が所持していたもので、彼女が射殺される直前に馬場に託した一枚。そこに写っていた男を見て、斉藤は貴重な情報を漏らした。マーダー・インクの入社式で挨拶していた社長に似ている気がする、と。

「いや、言いましたけど……。てか、なんで調べてるんですか、その人のこと」

「探偵の方の仕事でね、身辺調査を依頼されたっちゃん」

「だからって、面接受けるなんて……」

わざわざそんな危険を冒さなくても、と斉藤は眉を下げた。

いや、それだけの危険を冒す価値があるのだ。馬場は心の中で反論した。自分が殺し屋という道を選んだのは、すべては義父である馬場一善《かずよし》を殺した相手を突き止め、この手で復讐を果たすためだ。その手掛かりが、かの殺人請負会社に隠されているというならば、喜んで虎穴に飛び込んでやる。

斉藤によれば、マーダー・インクの社長は嗣《し》渋《しぶ》昇征《しょうせい》という名前だったという。馬場一善の暗殺を命じたのが仮にこの男だとすれば、嗣渋を殺すことで復讐が果たされる。事件の黒幕に近付くために、馬場は面接に潜り込んだわけだが。

「他人の空似ということもありますし、まだそうと決まったわけでは……」

「たしかにね」

言い分は尤《もっと》もだ。馬場は頷いた。

「まあ、入社してみれば、それが本当かどうかもわかるやろうし」

斉藤は自分の証言に自信がないようだが、馬場には確信があった。依頼主がマーダー・インクの社長だとすれば、元社員である別所暎太郎《べっしょえいたろう》が実行犯だったことも辻褄《つじつま》が合う。

「採用なら、一週間後くらいに連絡するって言われたばい」

採用される自信はある。面接は上手《うま》くいったし、なにより自分には殺し屋としての実務経験がある。即戦力を求めるあの会社が放っておくはずがないだろう。

「それにしても、よく潜り込めましたね。中途採用はコネがないと無理だって聞いたことがありますが」

「榎田《えのきだ》くんの知り合いに、マーダー・インクの人事の人がおるらしくてね。ちょっと口利いてもらったっちゃん」

事の次第を話すと、源造が「あの悪戯坊主《いたずらぼうず》は、ほんなこつ顔が広かねえ」と感心と呆《あき》れの混じった声色で呟《つぶや》いた。


「——やあ、久しぶり」

時間通りに現れた男に向かって声をかけると、彼は手を上げて「よう」と返した。

男の名前はグエン。榎田の知人であり、マーダー・インクに勤める社員だ。時折こうして落ち合い、情報をやり取りすることも少なくないお得意様である。

中洲の細い路地にひっそりと店を構えているこの塩ラーメン屋は、グエンのお気に入りの店だった。今日、榎田が彼をここに呼び出した目的は、二つある。

ひとつは、彼に借りを返すため。

「今日はボクが奢《おご》るよ。こないだのお礼に」

先日、馬場が唐突に「マーダー・インクに入社したい」と言い出したのには驚いたが。グエンのコネで難なく面接まで漕《こ》ぎつけた。

「いや、礼を言うのはこっちだよ」隣の席に腰を下ろし、グエンが言う。「面接の担当者から聞いたけど、即戦力になる人材を紹介してくれたらしいな。マジで助かるぜ」

人手不足にあえいでいる殺人請負会社にとって、馬場のような男は喉から手が出るほど欲しいだろう。面接を通過することは間違いない。余程のことがなければ。

塩ラーメンを啜りながら、

「その馬場って奴、フリーランスの殺し屋だったんだろ？」

と、グエンは尋ねた。

「うん、そう」

「そいつがなんで、うちの会社に？」

「御社の嗣渋社長の経営理念に感銘を受けたらしいよ」

適当な理由を答えると、

「……そりゃ残念だな」

と、グエンの声のトーンが下がった。

「なんで」

「死んだんだよ、社長」

「え——」

箸を止め、榎田はグエンの顔を見つめる。

「……殺されたの？」

「いや、病気だ。元から体が悪くてな」

ジョッキのビールを飲み干し、グエンは答えた。マーダー・インクの社長はつい先日、病院のベッドの上でしずかに息を引き取ったそうだ。

「こんな会社を作った奴が迎える最期にしては、穏やかすぎるよな。いろんな奴に恨まれてただろうし、いつ殺されてもおかしくない立場なのにさ」

「たしかに」

榎田は頷いた。透明のスープをレンゲで掬《すく》い、口に含む。さっぱりとした風味が舌の上に広がっていく。

替え玉を注文したところで、

「ひとつ訊《き》きたいんだけどさ」

榎田は話を切り出した。

グエンをここに呼び出した目的はまだある。マーダー・インクの情報を聞き出すためだ。

「なんだ？」

「嗣渋社長って、この人だよね？」

一枚の写真を見せると、グエンは目を見開いた。「どこで手に入れたんだよ、そんな写真」

「ボクを誰だと思ってるの？　どこからでも手に入れられるよ、これくらい」

これは馬場から預かった写真だ。

馬場の話によると、どうやらマーダー・インクの社長が彼の義父の死に関わっているらしいが、それ以上の手掛かりは得られなかった。だからこうして、仲間の復讐に必要な情報を探るために、榎田はグエンと接触したわけだが。

「……まさか、社長が死んでいたとはね」

これは予想外の展開だ。

「ただ、死んだ後は穏やかじゃなくてなぁ」

グエンが意味深なことを言い出した。追加のビールを注文し、榎田は「なにかあったの？」と続きを促した。

「跡継ぎ争いってやつだよ。本来なら息子の副社長が会社を継ぐことになってたんだが、副社長に対抗する派閥は納得しなくてさ。このまますんなり就任できるとは思えねえな」

「副社長は優秀なんでしょ？　なにが問題なの？」

「経営方針だよ」グエンはため息を吐いた。「副社長は、従来の方針をやめて、殺人をエンタメにして売っていこうとしてるんだ。デスゲームを開催したり、殺人ショーを開いたり。顧客の数を絞って、客単価を上げて、要するに悪趣味なセレブ向けの商売にシフトしようって話だ。……俺がこんなこと言える立場じゃないが、そんな倫理観の欠片《かけら》もない奴に会社を任せたら、大変なことになるだろ」

「なるほどね」

憂いを帯びた表情でグエンは呟いた。「特殊な会社だからな、文字通り血で血を洗う争いになりそうだぜ」

店のお代は榎田が払った。今回の情報料込みで。もう一軒行くというグエンの背中を見送り、榎田は中洲の街を歩いた。

そのときだった。電話がかかってきた。

端末の画面を確認すると、名前や電話番号は表示されていなかった。発信元は公衆電話だ。自分の番号を知っているということは、相手は知り合いの誰かだろうが。

榎田は電話に出た。「……もしもし？」

『あ、もしもし？　榎田くん？』

馬場の声だ。

『話したいことがあるけん、今から言う場所に来てくれん？』

「ちょうどよかった、ボクも話があるんだ」

例の件で、と付け加える。マーダー・インクの社長がすでに他界しているという重大な事実を、一刻も早く伝えなければならない。

口頭で告げられた住所を頭に叩き込み、榎田は通話を切った。


馬場探偵事務所は本日も閑古鳥が鳴いていた。

今日も一日暇だったな、などと思いながら、林憲明《リンシエンミン》はソファに寝転がり、テレビを眺めた。最近ハマっているドラマがクライマックスに差し掛かっている。『闇医者X』というタイトルの作品で、絶対に手術を失敗してしまうヤブ医者の主人公が、誰も殺せない殺し屋の相棒とともに裏社会をサバイバルするという、クライム&医療コメディである。

最新話では、まさかの相棒の裏切りがあった。なんと彼の正体は、第一話で主人公が医療ミスにより死なせてしまった患者の遺族だったのだ。この予想外の展開には、林も思わず「そこに繋《つな》がんのかよ！」と叫んでしまった。病院がうやむやにした医療ミスの真相を探るため、そして家族を殺した医者に自らの手で復讐するため、相棒は主人公に近付いたのだった。

放送が終盤に差し掛かった。相棒が主人公を銃で撃つシーン。なんとか逃げ延びた主人公だったが、腹を撃たれて出血している。このままでは確実に死んでしまう。今この場で、自らの手で手術し、銃弾を取り出そうとメスを握った主人公だったが、自分に麻酔を打ったがために意識が朦朧《もうろう》となり、そのまま眠ってしまった。

「……馬鹿なのか、こいつは」

思わず呟いてしまった。

はたして手術は上手くいくのか――物語は最終回へと続く。

「くっそ、気になるところで終わりやがって」

続きが気になってしょうがない。来週が待ちきれない。それと同時に、この愚かで愉快な物語が終わってしまうことへの寂しさもあり、次回を迎えたくない気持ちも生まれている。

相反する感情に苛《さいな》まれていると、事務所のドアが開いた。「ただいまぁ」という男の声が聞こえてくる。同居人が帰ってきたようだ。

「おー、おかえり」

声の方向に視線を向け、コートを脱いだ馬場に驚く。グレーのスーツだ。今日は珍しい格好をしているな、と思う。

「なんだ、そのカッコ」

「変装。おやっさんの仕事で、潜入調査せないかんくて」

「へえ」

ネクタイを緩めながら馬場が冷蔵庫を開ける。缶ビールを手に取り、林の隣に腰を下ろした。

「おやっさんとこで飯食ってきたっちゃけどさ、斉藤くんが働いとったばい」

「は？　斉藤が？　なんで？　弟子入りしたのか？」

「おやっさんがギックリ腰やったらしくて、力仕事を任しとるみたい」

そういうことか。納得した。だが、人選が間違っているような気がする。

「あいつが役に立つようには思えねえけどな」

林は鼻で嗤《わら》った。力仕事ならマルティネスの方が適任だろうし、料理を作らせるならジローの方が安心できる。まあ、無職で暇してるのは斉藤くらいだろうけど。

馬場がリモコンを操作し、テレビのチャンネルを切り替えた。夜のニュース番組が映る。しばらくして、スポーツニュースが始まった。

「おい、見ろよ」林は画面を指差し、からかうような口調で告げた。「お前が好きなホークスの選手、巨人に移籍するらしいぞ」

「そんな気はしとった」

馬場は悟ったような顔で答えた。遠い目をしている。この表情、内心かなりショックを受けているようだ。

「ストーブリーグの季節やねえ」

馬場がしみじみと言った。

「……ストーブリーグ？」

「シーズンオフの間に、契約更改とか他球団との交渉とかがあるとよ。選手の退団とか移籍とかトレードとか、そういう話題が挙がる時期のことを、ストーブリーグって言うと」

「へえ、知らなかった」

「こんな風に」馬場が顎でテレビを指す。「チームの要やった選手が、いきなり球団からおらんくなることもある」

馬場は寂しげな眼差《まなざ》しでテレビを見つめている。

画面の中でフラッシュを浴びる、スーツ姿の選手。マスコミの前で会見を開き、別の球団のユニフォームを羽織り、にこやかな表情で球団幹部と握手を交わしている。

そんな映像を眺めながら、林は「別れの季節なんだな」と感想を漏らした。

「まあ、逆に出会いもあるけどね。入団する選手もおるわけやし」馬場が呟くように言う。「この時期の野球の話題って言えば、こういうのか、自主トレの話くらいやねえ」

「自主トレ？　こんな寒い中でも練習すんのか？」

　今日は福岡ですら雪が降るほど寒い一日だった。こんな中、外に出て練習するなんて耐えられない。室内であっても指がかじかむだろう。

「あったかいところで練習するとよ。宮崎とか沖縄とか。グアムとかハワイでやる選手もおるばい」

「いいな、それ」

　楽しそうだ、と思う。林は声を弾ませ、提案した。

「なあ、俺らも自主トレしようぜ。皆でハワイ行ってさ。せっかく偽造パスポート作ってもらったんだし」

「……リンちゃん、海外旅行したいだけやろ？」


　馬場が指定した場所は、ここから然《さ》程《ほど》離れていないようだ。榎田は徒歩で向かうことにした。ネオン輝く中洲の大通りを抜け、さらに先へと進む。地図を確認しつつ予想を立てる。あと十数分ほどで到着するだろう。

歩きながら、榎田は頭の中で情報を整理することにした。

十四年前の、馬場の義父・馬場一善の殺害について。強盗目的として処理された事件だが、実際は暗殺だったという証拠を摑《つか》んだ。実行犯の名前は別所暎太郎。元マーダー・インクの社員である。

馬場と対峙《たいじ》した際に、別所は四人の男の暗殺を依頼されたと暴露した。

一人目は塚田《つかだ》治《おさむ》。詐欺グループに所属していた、書類偽造の専門家。

二人目は曽根《そね》俊明《としあき》。美容整形医師で、裏稼業の人間からの依頼を請け負っていた。

三人目は加藤《かとう》隆一《りゅういち》。加藤レディースクリニックの院長。

そして四人目が、馬場一善。馬場の義父。本人に後ろ暗い噂《うわさ》はないが、勤めていた水産会社に闇金との繋がりがあったという話だ。

この全員が、別所に殺害されている。

その暗殺を依頼した人物に繋がる手掛かりが、一枚の写真。馬場が入手したこの写真には一人の男が写っていた。年齢は五十代くらいに見える。頭は白髪交じりで、仕立てのいいスーツ姿の男だ。グエンの証言により、これがマーダー・インク社長・嗣渋昇征であることは、裏付けが取れた。

加藤の娘である不破雅子から得た情報によれば、加藤はこの写真の人物に怯《おび》えていたという。理由はわからないが、自分が消されることを薄々勘付いていたのかもしれない。いずれにせよ、加藤が嗣渋との間に何らかのトラブルを抱えていたことは確かだ。

加藤を殺したのは別所。となると順当に考えれば、嗣渋が加藤の暗殺を別所に依頼したことになる。必然的に、他の三人の殺害を依頼した人物も、嗣渋である可能性が高い。

つまり、馬場の義父殺しの黒幕は、嗣渋昇征である。この男を倒すことによって馬場の復讐は完結する。

ところが、嗣渋はもうこの世にはいない。

気がかりだった。馬場はどう思うだろうか、と。この事実を知ったとき、彼はやり場のない復讐心をどこにぶつけるのだろうか。

あれこれと考えているうちに、約束の場所に到着した。

「……ここかな」

地図を確認し、呟く。

そこは建設現場だった。まだ作業の途中なのか、あちこちに鉄材が積まれている。灯《あか》りは路上に立つ街灯のみで、中は薄暗い。立ち入り禁止の注意書きを無視して侵入し、周囲を見回す。

誰もいない。

馬場はまだ来ていないようだ。

それにしても、どうしてこんな場所に自分を呼び出したのだろうか。余程他人に聞かれたくない話でもあるのだろうか。

着いたよ、という連絡を入れようとして、榎田は思い直した。馬場は公衆電話からかけてきた。おそらく電話を失《な》くしたか、家に忘れてきたか。携帯端末を携帯していない状態なのだろう。電話をかけたところで無駄である。

このまま待つか、と思い至った、次の瞬間――不意に後頭部に強い衝撃が走った。

背後から殴られ、榎田の体はふらついた。

痛みに顔をしかめながら振り返り、奇襲を仕掛けてきた相手の正体を確認しようとしたが、叶《かな》わなかった。頭に黒い袋を被《かぶ》せられ、視界が奪われてしまった。

――いったい誰が、こんなことを。

抵抗する間もなく二発目の打撃が襲いくる。再び脳が揺さぶられ、意識が遠退《とおの》きはじめる。

全身の力が抜け、榎田はその場に頽《くずお》れた。

「……手荒な真似《まね》してごめんねえ、榎田くん」

霞《かす》む意識の中で聞こえてきた声は、たしかに馬場のものだった。

1回裏

顔馴染みの情報屋と別れてから、グエンは近くの居酒屋に足を踏み入れた。半個室の席に案内され、適当に酒とつまみを注文したところで、社用の携帯端末に着信が入った。

上司からだった。

画面には『上尾《かみお》』という文字が表示されている。黒縁眼鏡の男の神経質そうな顔が頭に浮かぶ。社長秘書であり、嗣渋昇征の側近だった人物。会社の中でもかなり古参の男だ。

上尾は社長派派閥の筆頭である。対するグエンは副社長派に身を置いてはいるが、所謂《いわゆる》二重スパイであり、裏では彼の指示を受けている。部署は違えど、上尾は自分の直属の上司に当たる相手だった。

「お疲れさまです、上尾さん」

運ばれてきたハイボールを尻目に、グエンは電話に出た。

「どうでした、社長の遺言は」

『先日の会合で、裁判所の知人に頼んで検認してもらったが、やはり宣言通りの内容だった。財産も会社もすべて長男に渡す、と』

嗣渋昇征は生前に遺言状を残していた。開封に立ち会ったのは上尾と副社長の二人のみだ。

「副社長の様子は？」

『笑っていた。ただ一言、「そうかぁ」とだけ』

「不気味ですね」

『そういう奴だ』

マーダー・インク副社長・嗣渋司《つかさ》。

噂には聞いているが、実際に対面したことはない。彼の素顔を知るのは会社幹部の一握りだけという謎の多い人物だが、とにかく有能な男だとは聞いている。暗殺の技術は社長仕込みで、殺し屋としても一流だが、潜入などの諜報《ちょうほう》活動にも長《た》け、過去には国が絡む案件を多く手掛けていたらしい。血筋・名実ともに社長の後継者として相応《ふさわ》しい存在であるにも拘《かか》わらず、彼は会社を継ぐことができない。

なぜならば、嗣渋司は、嗣渋昇征の次男だからだ。

「内心穏やかじゃないでしょうね」

『だろうな』

嗣渋司の社長就任に多くの幹部が反対しているのは、彼が会社をまったく違うものに変えようとしているからだ。従来の殺人請負業を切り捨て、エンタメに特化した事業にシフトしようとしている。この男に舵《かじ》を握られてしまえば、この会社は終わる。大量の退職者と快楽殺人の被害者を生むことになる。上層部はそう懸念している。というより、時代に伴う変化を受け入れられずにいる。

なんとしても嗣渋司の社長就任を阻止しなければならない。それについてはグエンも同意だ。社長の遺言状が、それを決定づけることに一役買ったわけだが。

「まさか自分に腹違いの兄がいたなんて、副社長も予想外だったでしょう」

社長に隠し子がいたことは秘書の上尾でさえ知らなかった。嗣渋昇征が病に伏して初めてその秘密を洩《も》らしたらしい。司が生まれる前に交際していた女性が一人の男児を出産していたこと。その子どもに全財産を渡す意向があること。病室で明かされた話に上尾も酷《ひど》く驚いたそうだが、それらは社長派にとってみれば好都合だった。

「その長男の居場所さえ突き止めれば、こっちの勝ちですね」

正当な後継者である長男を一刻も早く見つけ出し、社長室の椅子に座らせてしまえば、副社長も会社に手出しはできなくなる。

『今、情報システム部が総出で捜索に当たっている。そろそろ居場所が摑めるだろう』

不破というスポンサーを失い、遺言状によって後継者から外された。副社長の味方のほとんどが社長派に寝返るだろう。すべてが彼にとって向かい風の状況にある。今はこちらが有利だ。

それなのに、上尾の声色はどこか暗い。

『あの男が、このままおとなしくしているとは思えない』

「今、副社長には誰がついてるんですか？」

『社員が三人。副社長が自ら引き抜いたらしい』

「たった三人だけ？　誰なんです？」

『小森《こもり》と鯰田《なまずだ》、それから泉《いずみ》だ』

上尾が挙げた名前に、グエンは眉をひそめた。

小森は社内監査部の社員。自分もよく知る人物だ。業務上、彼女はこの会社のことを熟知している。それだけでなく、戦闘においてもかなり腕が立つ。

他の二名については、面識はないが名前は聞いている。たしか鮠田は情報システム部で、泉は第一事業部の所属。どちらも有能な人材で、上司からの評価も高い。

「各部署のエースばかりじゃないですか」

面倒なことになりそうだな、とグエンは思った。

「プロジェクトメンバーとしては、最高の人材を集めましたね」

『ああ。一人で百人分の働きをする連中だ』電話越しに上尾のため息が聞こえる。

『これだけの人材を集めておきながら、動きを起こさないはずがない』

「でしょうね」

なにを仕出かすかわからない不気味さを覚える。とにかく、副社長より先に長男を見つけ、保護しなければ。

「副社長たちは、今どちらに？」

『全員すでに福岡入りしたようだが、それ以降の消息は不明だ。会社に出社する気はないだろう』

グエンは頷いた。「当然、こちらの動きを警戒してるでしょうしね」

『まったく、今頃どこでなにをしているんだか……』

不意に食欲をそそる匂いが届き、グエンは視線を上げた。隣の客席に鍋が運ばれてきたところだった。福岡名物のひとつ、もつ鍋である。

グエンは呟くように言った。「まあ、暢気《のんき》にもつ鍋食ったりはしてないでしょうけど」


「——おっ」一口含み、嗣渋司は声を弾ませた。「美味《おい》しいねぇ、これ」

カセットコンロの上で、温められた鍋がぐつぐつと煮え立っている。火を弱めながら、「お口に合ってよかったです」と小森は胸を撫《な》で下《お》ろした。

「誰が選んだの？」

という嗣渋の質問に、

「あ、俺っす」若い男が手を挙げた。泉だ。「福岡の有名なうどん屋が作ってるヤツなんで、締めの麺も最高っすよ」

まさかこんな風に、副社長と鍋を囲むことになるとは。そう思っているのは自分だけではないだろう。向かい側にいる泉も、隣に座っている鮠田も同じ心情のはずだ。

嗣渋が進めるプロジェクトへの参加を打診されたのは、一か月ほど前のこと。都市伝説級の存在である副社長に呼び出されたときは心底驚いたが、彼が語る経営理念に小森は深く賛同した。そして、部署を抜けて彼の下に就くことを決意した。

「うん、うまい。いい仕事するなぁ、泉君」嗣渋が目を細めた。

社内監査部に属する小森は、社員全員の情報を把握している。当然、泉と鱠田のことも。こうしてともに仕事をするのは初めてだが、嗣渋が二人を引き抜いた理由は妥当だと思った。

泉は第一事業部の新入社員。武器・銃器の扱いに長けており、一年目でありながらすでに頭角を現している期待の若手だ。生意気で失礼な態度が上の人間の反感を買うこともあるが、それが許されるほどの成績を残している。

「それにしても」部屋を見回しながら鱠田が言った。「いいコテージですね」

鱠田は情報システム部の三十三歳。部の中で最も高度なハッキング技術をもつ男である。長身で筋骨隆々な体軀《たいく》、おまけに全身にタトゥの入った厳《いか》つい大男だが、性格は礼儀正しく穏やかで、仕事ぶりは細やかで丁寧と評判だった。逆に戦闘面はからっきしで、見かけ倒しとも言えるが。

「スポンサーが所有してた別荘、勝手に借りちゃった」

嗣渋の言葉に、もぐもぐと口を動かしながら泉が尋ねる。「いいんすか、許可取らなくて」

「取れないんだよ。もう死んじゃったんだもん」

市の中心部から車で一時間半の距離にあるこのコテージは、嗣渋が用意したものであるが、どうやら元々は不破雅子の物件らしい。一階には広々とした吹き抜けのリビング、キッチン、風呂場やトイレ、二階には四つの個室が備わっている。おまけに地下室やテラスまである。四人で滞在しても十分すぎる広さだ。

嗣渋の器が空になったところで、

「嗣渋社長」

と、小森は声をかけた。

「小森君、俺まだ社長じゃないよ」

「失礼いたしました、副社長」

「でも、そう呼ばれるのは気分がいいね。社長でいいよ」

「承知しました。社長、お取りします」

器に手を伸ばすと、嗣渋が慌てて首を振った。「あっ、いいよいいよ、気を遣わなくて。そういうのは各自、自分でやろう」

「承知しました」

噂の副社長というのはいったいどんな人物なのだろうと身構えていたが、嗣渋司は意外にも普通の男だった。切れ長の一重で、眼光こそ鋭いものの、いつもにこやかに微笑《ほほえ》んでいる。地位のある人間特有の尊大さは微塵《みじん》もなく、むしろ驚くほどフランクだ。

鍋の中から具を掬い、自分の器に入れている嗣渋に、

「社長、モツばっか取りすぎっすよぉ」

と、泉が文句を言った。新入社員に注意されても気を悪くする様子はなく、嗣渋は「ごめんって」と笑うだけだ。

「やっぱり冬は鍋ですね」

「山小屋の暖炉の前で鍋囲むって、風情あるっすね」

「都会だと、こういうのなかなかできませんから」

部下たちの言葉に「そうだねぇ」と嗣渋がしみじみ頷く。

「みんなありがとね、いろいろ準備してくれて」

まずは親睦を深めるために鍋をしようと言い出したのは、この嗣渋だった。メインのもつ鍋セットを買ってきたのは泉、コンロやガスを用意したのは鱠田。そして食器類を用意し、食事の準備を進めたのは小森だ。

とはいえ、ただ福岡名物に舌鼓を打つためだけに集まったわけではない。鍋の中に締めのうどん麺が投入されたところで、

「じゃあ、そろそろ仕事の話に入ろうか」と、嗣渋が切り出した。麺を混ぜながら部下に尋ねる。「それで、クライアントはなんだって？　昨日面会したんだよね？」

「はい、私が」

小森は頷いた。先方の意向について報告する。

「今回のご依頼についてクライアントにヒアリングいたしましたが、『やり方はすべて任せる』とのことでした」

「えー」と、嗣渋は眉をひそめた。「何でもいいが一番困るよね」

「標的の情報については、すでに鯰田が調べてあります。こちらの資料をご覧ください」紙の束を手渡し、後ろの壁を指差す。「標的全員の写真は、そちらに」

嗣渋が視線を移す。リビングの壁には人数分の写真が貼り付けられている。そこに写っている人物は、見た目も年齢も国籍もバラバラだった。まるで寄せ集めだ。

野球のポジション図を模した配置で貼られている写真を眺め、嗣渋が感嘆の声をあげた。「鯰田君、君の情報収集能力はさすがだね」

「恐れ入ります」

麺を咀嚼《そしゃく》しながら資料に目を通す嗣渋に、

「我々で片付けておきましょうか？」と、小森は提案した。「わざわざ社長の手を煩わせるまでもないでしょうし」

「えー、仲間に入れてよ。俺もやりたい」

「社長がそう仰《おつしや》るなら……」

「てか、相手もう詰んだも同然っしょ」泉が口を挟んだ。「戦いでいちばん重要なのは、情報っすからね」

泉はコーナーソファから腰を上げると、壁に歩み寄った。一枚の写真――そこに写っている金髪のマッシュルームヘアの男に、油性ペンで大きなバツ印を描く。

「あとは消化試合みたいなもんっすけど……どうします、次」

「軽くジャブ打っとこうか」嗣渋は指示を出した。「泉君、一人襲ってきて」

「誰を？」

「誰でもいいよ。別に殺さなくていいから」ぼそりと呟くように付け加える。「ま、殺してもいいけど」

「了解っす」

器の麺を口の中にかき込み、泉が腰を上げた。

「それから」嗣渋が写真を指差す。「小森君と鯰田君には、この子を攫《さら》ってきてほしい」

「承知しました」

頷き、小森は鯰田と顔を見合わせた。鯰田がすぐにノートパソコンを開き、準備を始める。

さらに詳しい指示を出したところで、

「そして、俺はお留守番。彼を見張っとかないといけないしね」

と、嗣渋は床を指差した。

2回表

目が覚めた瞬間、榎田が最初に感じたのは燃えるような痛みだった。

足の指先が熱い。右足に力が入らず、立ち上がろうとした体はどさりと床に倒れ込んでしまった。

なぜか片方だけ靴を履いておらず、裸足《はだし》だった。激痛に顔をしかめながら痛みの原因を確認したところ、右足の薬指がおかしな方向に曲がっていた。

骨が折れている。――いや、折られた、のか。

迂闊《うかつ》だったな、と榎田は眉をひそめた。完全に油断していた。あの馬場からの呼び出しの電話。罠《わな》だと疑うべきだった。

榎田を誘い出すために、おそらくボイスチェンジャーを使用して馬場の声を模したのだろう。電話の相手が仲間だと完全に信じ切ってしまった。一刻も早く嗣渋昇征の死を伝えなければならないという気持ちが、余計にそうさせていた。

しかしながら、今さら自身の愚かさを悔いたところでどうにもならない。とにかくまずは状況を把握しなければ。いったい誰がこんなことをしたのか。なにが目的で、自分をどうするつもりなのか。少しでも多くの情報を集めなければ。

この部屋の中に手掛かりがあることを願い、榎田は動いた。足を引きずりながら移動し、周囲を確認する。

窓はひとつもなく、薄暗い部屋だった。どうやらここは地下室のようだ。あるのは簡素なパイプベッド、安物の椅子とテーブル。それから、木製の棚。奥の小部屋にはトイレとシャワーがある。

天井へと続く階段の先には出入り口らしき扉が見えるが、どうせ鍵が掛かっているだろう。試すだけ体力の無駄だと思い、榎田はベッドに腰を下ろした。

それにしても、用意周到である。

ボイスチェンジャーで誘い出し、視界を奪って気絶させ、地下室に監禁。逃げられないように足の指の骨を折る。準備がいいし、手際が良すぎる。相手はこういうことに慣れている人物で、綿密に計画を練って自分を拉致したに違いない。

「これは……ちょっとヤバそうだね」

当然、天井には監視カメラが設置されている。現時点でここから逃げ出すのは無理だと踏み、榎田はさらに考えを巡らせた。

すぐに殺される恐れがないことは幸いか。トイレとシャワーが用意されていることから、相手は長期間この部屋に自分を監禁するつもりなのかもしれない。

不可解なのは、わざわざ足の骨まで折っているくせに、両手は拘束せず自由にさせていること。つまり、榎田が両手を使えないと困るわけだ。

となると、犯人の目的は明らかである。

監視カメラに向かって、榎田は笑顔で手を振ってみた。

すると、

『おはよう』

天井のスピーカーから声が聞こえてきた。馬場の声だった。またボイスチェンジャーを使っているようだが、もしや地声を聞かれたら困るのだろうか。だとすると、相手は自分がよく知る人物だということになるが。

『足の指は綺麗《きれい》に折ったから、一か月もすればちゃんと元通りになるよ』

「それはどうも」

『右の棚に薬があるでしょ？　痛み止めだよ。毒じゃないから安心して』

言われた通り確認する。市販の鎮痛剤の箱と、ご丁寧にペットボトルの水まで置いてある。

痛み止めを飲み込んだところで、

「──それで？　ボクはなにをすればいいわけ？」

と、榎田は本題に入った。

相手の笑い声がスピーカーから響き渡る。『話が早いね。さすがだなぁ』

「パソコンはどこ？」

『ベッドの下にあるよ』

体を屈《かが》ませ、下を覗《のぞ》き込《こ》む。声の主の言う通り、たしかにノートパソコンが隠されていた。腕を伸ばして摑み、引っ張り出す。

『くれぐれも、余計な真似はしないように。常に見張ってるからね。君の動きはカメラで見えてるし、画面共有で常時モニタリングしてる』

「逆らったら、どうなるの？」

挑発的な声色で尋ねると、

『君だけじゃなく、大事な仲間も死ぬことになる』

本気と思われる脅しが返ってきた。

『野球は九人いないとできないもんね。一人でも欠けたら大変だ』

よく調べてあるな、と榎田は心の中で呟いた。こちらの交友関係はすべて把握済みというわけか。なかなか厄介である。ここはおとなしく言うことを聞いておいた方がよさそうだ。

「それで、なにをしたらいい？」

薬が効きはじめたのか、痛みが徐々に和らいできた。足を引きずりながら机に向かう。椅子に腰を下ろし、パソコンを開いたところで、相手が最初の指示を出した。

『まずは手始めに、ある防犯カメラの映像を消してもらいたい』


強盗傷害事件が発生したとの通報が入ったのは、後輩の運転で勤務先の警察署へと戻る途中のことだった。パトランプを載せた覆面パトカーをUターンさせ、重松《しげまつ》たちは現場へと急いだ。

福岡市博多区《はかたく》中洲の、人通りの少ない路地。現場にはすでに数名の制服警官の姿があった。彼らの報告によると、被害者は男性で、通報者は女性だという。

すでに被害者は病院に運ばれた後だったが、通報者はその場に残っていた。重松が事情を聞いたところ、「男性が道端に倒れていたので救急車を呼んだ」と彼女は証言した。呼びかけても返事はなく、意識はなかったそうだ。犯人らしき人物は見ていないという。

「通り魔でしょうかね」

と、後輩の畑中《はたなか》が首を捻《ひね》った。

「さあ、どうだろうな」

通報者に礼を告げ、今度は交番勤務の巡査から話を聞く。最初に現場に駆け付けたのは彼だった。

「被害者の身元はわかってるんですか？」

畑中が尋ねると、

「はい。所持していた財布の中に、保険証がありました」メモを見ながら巡査が答える。「被害者の名前は、中島芳郎《なかじまよしろう》か前田健人《まえだけんと》です」

「か？」

どういうことだ、と重松は眉をひそめた。隣の畑中も首を傾げている。

「それが、財布を二つ持っていまして」

巡査が答えた。

被害者の所持品には財布が二つ。それぞれに保険証が入っていた、ということらしい。

「畑中、お前は防犯カメラの映像を調べてくれ」重松は指示を出した。「俺は被害者が運ばれた病院に行ってくる」


被害者の搬送先を問い合わせたところ、博多区内にある総合病院だということがわかった。その場を後輩に任せ、重松は病院へと向かった。

受付で身分証を提示したところ、すぐに件《くだん》の患者の元に案内してもらえた。被害者の処置はすでに済んでいて、意識も回復しているので事情聴取も可能であるとのことだった。

病室のドアをノックし、

「警察の者です。失礼します」

と、重松は身分を明かしてから中に入った。

ベッドの上に患者がいる。派手な髪の毛の、若い男。

「やっぱりお前だったか」

そこにいたのは、知り合いの男――大和《やまと》だった。

患者衣を身にまとい、頭に包帯を巻いている痛々しい姿の仲間は、重松に気付くと少しほっとしたような表情になった。警察と聞いて身構えていたのだろう。

「いやぁ、酷い目に遭ったっすよ」

大和は口を尖《とが》らせた。

「大丈夫なのか？　頭を殴られたって聞いたが」

「そんなことより、警察にバレたっすよね？　オレが財布掏《す》ったの」

ヤバい、どうしよう、と頭を抱えている大和に、とりあえず元気そうで何よりだと安堵《あんど》する。

「まあ、そっちは俺がうまいことやっておくから」

財布を拾って交番に届けようとしたところを襲われた、と言い訳するしかないだろう。

「それより、話してくれ。いったいなにがあったんだ？」

さっそく事情聴取を始めると、大和の表情が曇った。

「電話で呼び出されて行ったら、いきなり後ろから殴られたんすよ」

「呼び出されたって」身を乗り出し、尋ねる。「誰に」

すると、大和の表情がさらに曇った。

「馬場さんっす」


『――いい仕事するなぁ、榎田君』

スピーカーから聞こえる賛辞に、榎田は「どうも」と軽く返した。この薄暗い部屋と足の痛みがなければ、監禁され脅されていることを忘れてしまいそうなほど、緊張感のない雰囲気だった。

誘拐犯の指示通り、榎田は防犯カメラの映像を消去した。簡単すぎる作業だった。おそらくこれは自分の力量を測るための、テストとしての狙いもあるのだろう。本番はここからだ。

「次はなにをすればいい？」

訊けば、今度は具体的な指示が返ってきた。

『今、細工した防犯カメラ。消去した部分に、デスクトップのフォルダの中にある映像を差し込んでほしい』

すぐさま確認する。デスクトップ上にフォルダはひとつだけ。中には動画ファイルが入っていた。

クリックし、再生する。

路地の映像だ。防犯カメラと同じ画角の。

しばらくして、そこに男が現れた。見たことのある人物だった。金髪で、ホスト風のスーツを着た男。

……もしかして、大和？

画面に顔を近付け、確認する。間違いない。そこに映っていたのは、たしかに大和だった。辺りをきょろきょろと見回している。

その数秒後、映像の中に別の人物が現れた。長身の男。背後から大和に近付いていく。手になにかを握っていた。銀色に光る物を。バールか、鉄パイプか。

次の瞬間、男はそれを、大和に向かって振り下ろした。

「えっ……」

榎田は息を呑《の》んだ。

身を乗り出し、画面を注視する。頭を殴られた大和はその場に倒れている。男はしゃがみ込むと、大和が羽織っていたコートのポケットを漁《あさ》り、中から財布を取り出した。札を抜き取っているようにも見える。

直後、犯人がこちらを振り返った。目が合った。男が防犯カメラを見たのだ。

そこに映った顔に、榎田は驚愕《きょうがく》した。

──馬場だった。

もちろんわかっている。あの男がこんなことをするはずがないと。この動画は十中八九、細工されたものだろう。犯人の顔を馬場の顔とすり替えたのだ。

馬場の声を模したボイスチェンジャーに加え、今度は馬場の顔とすり替えたディープフェイク映像。

キーボードに添えていた指が微《かす》かに震えた。得体の知れない恐怖が、足元からせり上がってくるような、そんな感覚に襲われる。

「……キミ、なにが目的なの」

警戒した声色で問えば、笑い声とともに短い言葉が返ってきた。

『復讐』

事務所のドアを叩く音が聞こえてきた。どれだけ無視しても止《や》むことのないノックに苛立《いらだ》ちを覚えつつ、林は渋々ソファから起き上がった。

目を擦《こす》り、時刻を確認する。まだ朝の七時過ぎだ。

「誰だよ、こんな朝っぱらから……」

思わず文句を漏らす。欠伸《あくび》を嚙《か》み殺《ころ》し、入り口へと向かう。

林はドアを開けた。朝日が眩《まぶ》しい。顔をしかめながら確認してみれば、そこにいたのは知り合いだった。

仲間の重松だ。その隣には、スーツ姿の若い男が立っている。

「どうした、何の用だ」

林は目を擦りながら尋ねた。

重松の表情は硬かった。懐から警察手帳を取り出し、こちらに向ける。「警察の者です。馬場善治さんはご在宅ですか？」

「……は？」

他人行儀な言い回しに、林は思わず眉をひそめた。

「なに言ってんだ、お前。ふざけてんのか？」

「馬場善治さんに、少し伺いたいことがありまして」

「俺がどうしたって？」

そのときだった。馬場の声が聞こえた。寝ぐせの酷いボサボサ頭を掻《か》きながらこちらに歩いてくる。「これ、何事？」と目を丸めて。

「馬場善治さんですね？」

重松の隣の男が尋ねた。

「はい、そうですけど」

「昨夜の強盗事件の件で、少しお話を聞かせていただけますか？」

「え？　……強盗？」

馬場はきょとんとした表情で固まってしまった。

「おい」林は間に割って入った。「何の話だよ、強盗って」

「詳しくお話ししますので」重松が強い口調で告げた。「署までご同行いただけますか」


「――どういうことよ、逮捕って！」

驚きのあまり大声をあげてしまった。ミサキが家にいることを思い出し、ジローは慌てて声を潜めた。「ちょっと、なんでそんなことになっちゃったの」

『俺が訊きてえよ』

電話越しに不機嫌そうな林の声が聞こえる。

『つーか、逮捕じゃなくて任意同行だって』

朝一で電話をかけてきた林の話によれば、いきなり重松とその部下が探偵事務所に押し掛けてきて、有無を言わさぬ口調で馬場を連れていってしまったそうだ。

『馬場が何らかの事件の重要参考人になってるらしい』

「何らかの事件って言われても……」なにか警察の目に留まるようなことをしたのだろうが。「正直、身に覚えしかないけど」

『そうなんだよな』

職業柄、自分たちは警察に捕まるようなことしかしていない。罪状はいくらでもある。

『キノコに訊けば何かわかるかと思ったんだけどさ、あいつ、ずっと電話に出ねえんだよ。どこにいるか知らねえか？』

「さあ」ジローは首を捻った。「アタシはなにも」

珍しいな、と思う。あの榎田に電話が繋がらないなんて。

『もし見かけたら、すぐに連絡しろって伝えてくれ』

林が電話を切った。大丈夫かしらと心配に思いながら、ジローはキッチンで朝食の支度を始めた。

トーストが焼き上がったところで、ミサキが起きてきた。ダイニングの椅子に座る娘に、笑顔を向ける。「あら、早いのね。どこか行くの？」

今日は学校も休みなのに。いつもより早起きだ。

「うん」ミサキが頷く。「友達と遊んでくる」

その顔は無表情だが、いつもより微かに口元が緩んでいる。嬉《うれ》しそうだ。

彼女は最近よく友達と遊ぶようになった。一人で外に行くことも増えた。仲の良《い》い相手ができたことは喜ばしいが、心配ではある。

「気をつけなさいよ。遅くならないようにね」

出掛ける娘に声をかけると、

「大丈夫、わかってる」

ミサキが答えた。彼女は賢い子だ。こちらがうるさく言わずとも、ちゃんと理解しているだろうが。

行ってきます、と家を出る少女を玄関で見送ってから、ジローは仲間に電話をかけた。

「もしもし、マルちゃん？」

相手は友人のホセ・マルティネス。まだ眠っていたのか、少し寝惚《ねぼ》けた声が返ってくる。『……んぁ？　ジローか？　どうした』

「榎田ちゃんが今どこにいるか、知らない？」

林の話が少し気がかりだった。マルティネスならなにか知っているのではと考えたのだが、当ては外れた。『いや、知らねえけど。なんかあったのか？』

「ずっと電話に出ないらしいのよ」

『まあ、そのうち捉《つか》まるだろ』

「だといいんだけど……そうそう、それとね――」

馬場が連行されたことを伝えようとしたところ、マルティネスが先に口を開いた。

『それより、聞いたか？　昨日、大和が襲われたらしいぞ』

約束の時間に約束の公園を訪れてみれば、そこにはすでに友人がいた。真っ赤なダッフルコートに真っ赤な髪の毛、顔にはピエロのつけ鼻と奇抜なメイク。ど派手な格好のその青年は独りで笑いながらブランコを漕いでいる。警察が通りかかったら絶対に職務質問されるだろうな、とミサキは思った。

「おはよう、メケ」

呼びかけると、彼はブランコを止めてこちらに手を振った。

「今日はなにして遊ぶ？」

「かくれんぼしたい、」

友人の提案に、ミサキは口を尖らせた。「えー、こんなに寒いのに？」

できれば室内で遊びたかったのだが、「メケがおに、メケがおに、」と、相手はすっかりやる気になっている。

ミサキは肩をすくめた。

「まあ、別にいいけど……」

渋々承諾し、辺りを見回す。ここは滑り台とブランコ、いくつかのベンチがあるだけの小さな公園だ。隠れられそうな場所はない。

「公園の外に隠れてもいいの？」

ルールを確認すると、

「いいよ、ぜったいにみつけるから、」

メケは自信満々に頷いた。

そこまで言うなら絶対に見つからない場所に隠れてやる。負けず嫌いな性分が顔を覗かせ、対抗心が芽生えてくる。

こうして本気のかくれんぼが始まった。メケが数を数えている間に、ミサキは公園を飛び出した。細い路地を駆け抜け、目に留まったのはショッピングモールだった。ここにはたしかおもちゃ売り場があるはずだ。子どもを隠すなら子どもの中。そう簡単には見つからないだろう。

店内に入ろうとした、そのときだった。

「――こんにちは」

不意に、背後から声をかけられた。

振り返ると、女性がいた。歳《とし》は三十前後くらい。パンツスーツ姿で、長い黒髪をひとつに結んでいる。

「ミサキちゃん、だよね？　はじめまして」

見覚えのない人だった。それなのに、どうしてこの人は自分の名前を知っているのだろうか。

訝《いぶか》しげに睨《にら》みつけると、彼女は優しい笑みを浮かべた。

「私、あなたのお父さんの知り合いなんだけど――」

2回裏

「『お前の娘を誘拐した』」

一仕事終えた泉がアジトに戻ると、なにやら妙な声が聞こえてきた。

ボイスチェンジャーを使った機械的な声色。嗣渋が首を傾げながらぶつぶつ呟いている。「『娘は預かった』、『娘を誘拐した』……うーん、やっぱり『お前の娘を誘拐した』の方かなぁ？」

「ただいま戻ったっす」取り込み中の嗣渋に声をかける。「てか、なにやってんすか社長」

「脅迫電話の練習」

嗣渋は笑顔で答えた。

変な人だな、と思う。そもそもこの会社は癖の強い奴ばかりだし、自分も人のことを言えない立場ではあるが、この人ほど摑めない奴はいないだろうと思う。常識人なのか奇人なのか未《いま》だに判断がつかない。

「『娘は預かった』と『娘を誘拐した』、どっちがいいと思う？　預かった、だとちょっとマイルドな感じするよね」

正直どっちでもいい。

「どうでもよくないすか？」

「よくないよ。復讐は演出が大事なんだから」

彼の瞳が一瞬、妖しく輝いた。笑顔の裏に隠された加虐心を垣間見《かいまみ》たような気がして、泉は寒気と同時に感動を覚えた。

嗣渋司。マーダー・インクの副社長。改めてその顔を観察する。切れ長の目に尖った顎、鼻筋も通っていて、全体的にシャープな顔立ちをしている。口の下にホクロがあるところは前社長とお揃《そろ》いで、彼が嗣渋昇征の実子であることを物語っているが、初めて彼に会ったときは拍子抜けしたものだ。次期社長としての貫禄《かんろく》やオーラというものが一切なく、この人が本当に噂の嗣渋司なのだろうかと疑いもした。だが、時折見せる鋭い眼光はやはり人殺しのそれだった。

嗣渋の妙なカリスマ性に惹《ひ》かれ、泉は彼のスカウトを受けることに決めた。この人となら大きな仕事ができるだろうと思ったのだ。

やはり本物は言うことが違うな、と感心する。

「なんかわかんないっすけど、奥が深いっすね」

「でしょー？」

「勉強になるっす」

前に泉がいた部署は所謂実働部隊であり、特に第一事業部は精鋭揃いだった。その中で自分はトップの成績だったのだ。嗣渋司の下で、どんな難しい暗殺でもこなしてみせる。そう意気込んで臨んだ最初の仕事だったが、拍子抜けするほど簡単なものだった。嗣渋が呼び出した男——たしか名前は前田健人だったか——を背後から襲って気絶させるだけ。防犯カメラを気にする必要すらなかった。

いったいなにを考えているのだろうか、この人は。

詳しいことはわからないが、嗣渋がなにか大きなことを仕出かそうとしていることは肌で感じていた。

今後の展開に想《おも》いを馳《は》せて心を躍らせる泉に、嗣渋が次の指示を出した。

「——というわけで、泉君」ダイニングテーブルを指差す。段ボール箱が置いてあった。「今度は、そこにある荷物を届けてきて。クール便で」

標的は小学生の少女。名前は田中《たなか》ミサキ。嗣渋の命令は彼女の誘拐で、小森と鯰田を送り込んだ。鯰田はすぐに少女の居場所を特定した。親が持たせている見守り用の携帯端末の位置情報をハッキングしたようだ。

小森はさっそく少女に接触した。

「私、あなたのお父さんの知り合いなんだけど」

優しく声をかけても、少女は警戒心を剝《む》き出《だ》しにしている。

いくら相手が子どもでも、さすがにこんなバレバレの嘘《うそ》には引っ掛からないか。それは織り込み済みだった。

「あなたのお父さん……いや、お母さんかな？」

「知らない人とは話しちゃいけないの」

少女は素っ気ない態度で答え、踵《きびす》を返《かえ》した。

年の割に大人びた雰囲気の、賢い子だ。しかしながら、その賢さが仇《あだ》となるときもある。

「あなたの親、とても悪いことをしてるよね」

その小さな背中に向かって、小森は言葉を投げかけた。

少女の足がぴたりと止まる。

その肩を摑み、小森は彼女の顔を覗き込んだ。「全部知ってるのよ、私。あなたの親がやってる裏の仕事のこと。それが世間にバレたら、どうなると思う？　警察の人がたくさんおうちに来ちゃうよね？」

少女の顔色が変わった。目を見開き、硬直している。明らかに動揺していた。大人びていても所詮は子どもだな、と嗤う。

「安心して。あなたがおとなしく言うことを聞いてくれるなら、なにもしない」

そのとき、ちょうど目の前に車が止まった。一台のレンタカー。運転しているのは鯰田だ。

後部座席のドアを開け、小森は少女を促した。「どうぞ、乗って」


「マジで嬉しいぜ、お前が会社に戻ってきてくれて」

書面に記された『猿渡俊助《さるわたりしゆんすけ》』の文字に、グエンは満面の笑みを浮かべた。

相手はまだ少し煮え切らない表情ではあるが、構わない。サインが記入されたばかりの雇用契約書を鞄《かばん》の中にしまいながら、「また一緒に仕事ができるな」と声を弾ませる。

元同期から電話がかかってきたのは今朝のことだった。フリーランスを辞めたから就職先を探しているとのことで、グエンは大急ぎで契約書を作成し、新幹線で博多から北九州へと向かった。小倉《こくら》駅の近くのファミレスで落ち合い、こうして契約を交わしたというわけだ。

それにしても、と思う。この男が、あれほど毛嫌いしていた会社に戻ってくるなんて、いったいどういう風の吹き回しだろうか。いくら勧誘しても頑《かたく》なに断り続けていた彼が、こんな風にいきなり掌を返すとは思わなかった。この短期間の間に、猿渡の中で大きな心境の変化があったことは間違いないだろうが、敢《あ》えてそれを問い詰めることはしなかった。

「この会社辞めるとき、クソ上司に『うちの会社に再雇用制度はない』っち言われたけど」

「そんなの、ただの負け惜しみに決まってんだろ。気にすんな。お前ならいつでも大歓迎だよ」

これは本心だ。当時、彼の辞職は会社にとって大きな損失だった。戻ってきてくれるなら有難《ありがた》い。おまけに、今はお家騒動の跡継ぎ争いでゴタついている最中だ。味方は一人でも多いほうがいい。

「さっそくで悪いが、明日から出社してもらえるか？　ホテルの部屋もこっちで用意しとくからさ」

グエンの言葉に、猿渡は素直に頷いた。その姿に、いつものような尖り切った雰囲気はなかった。まるで牙を抜かれた獣のようで、いったい彼の身になにがあったのだろうかと、グエンは心の中で首を傾げた。


とはいえ、牙を抜かれても獣は獣だ。これ以上ないほどの優秀な人材を確保できたことには違いない。大口の契約を取れた営業社員のような気分で、足取り軽く福岡に戻ったところ、グエンはさっそく上司に呼び出された。マーダー・インク本社ビルのエレベーターに乗り込み、秘書課へと向かう。上尾はフロアの奥にある小会議室の中で待っていた。

「お疲れさまです、上尾さん」

猿渡の件を報告しようとしたグエンだったが、その前に上尾が動いた。一枚の紙をテーブルの上に放る。

履歴書だ。証明写真に男の顔が写っている。名前の欄には馬場善治とある。

「この男、お前の紹介で中途面接を受けた男だよな？」

グエンは頷いた。「そうですけど……」

この馬場という男は、馴染みの情報屋の知り合いだ。彼に頼まれ、面接を受けられるよう採用担当者に手を回したのは、たしかに自分だが。

「この男が、どうかしました？」

自分はなにかマズいことをしたのだろうか。眉をひそめて尋ねると、上尾はにやりと笑った。

「我々が探していたものが、見つかったかもしれない」


警察署に連れられ、狭い取調室の中に閉じ込められた。座り心地の悪い椅子に腰を下ろし、待つこと十数分。入ってきたのは重松だけだった。記録係の姿はない。重松が人払いをしたのかもしれない。

「悪かったな、馬場。こんな真似して」

申し訳なさそうな顔で謝罪する重松を、「よかよ」と笑い飛ばす。

「それより、どういうことか説明してくれん?」

「ああ。実は昨夜、中洲の路地で男が襲われたんだが……」

重松は向かい側に座り、一枚の写真を馬場に見せた。そこには仲間の顔が写っている。

「被害者の名前は、前田健人」

「大和くんやん」

写真の中の大和は頭に包帯を巻いていた。痛々しい姿だ。事件の後、証拠として警察が撮影したものだろう。

「いきなり背後から後頭部を殴られたらしい。彼の証言によると、電話で呼び出されたそうだ。――お前に」

馬場は眉をひそめた。

「俺は何もしとらんよ」

首を振り、否定する。大和を呼び出してもいないし、当然殴ってもいない。まったく身に覚えのない話である。

「わかってるさ」重松が真剣な顔で頷く。「だが、防犯カメラにはお前の姿が映ってた」

馬場は目を見開いた。「うそやん」

そんなはずはない。だって、自分はその場にいなかったのだから。

「本当だ。大和を殴った後、犯人はカメラの方を向いた。お前の顔がはっきりと映ってたよ」

だけど、自分はやっていない。絶対に。

だとすると、考えられる可能性はひとつ。

「……誰かが、俺に罪を着せようとしとる？」

重松は頷いた。「そういうことだろうな」

「でも、誰がこんなことを……」

「それが知りたい。お前、心当たりはないのか？」

馬場は俯《うつむ》き、考えた。自分にこんなことをするような人物。記憶を掘り返し、懸命に探してみるが、思い至らなかった。

わからない。心当たりがない。いや、心当たりしかいない。誰でも犯人になり得るのだ。立場上、誰に狙われていてもおかしくはない。

そのときだった。重松の携帯端末が鳴った。着信だ。仕事用ではなく私用の方らしい。画面を確認し、「ジローからだ。ちょっと待ってくれ」と呟く。

馬場が頷くと、

「どうした、ジロー」

重松が電話に出た。

「……え？　なんだって？」次の瞬間、彼の顔が強張《こわば》った。「ミサキが……誘拐された？」

3回表

「……なんで出ねえんだよ、あのキノコ！」

いい加減ムカついてきた。林は声を荒らげ、スマートフォンをソファの上に投げ捨てた。

榎田が電話に出ない。ずっと連絡がつかない。おかげで身動きが取れないでいる。今の自分にできることといえば、事務所の中をぐるぐると歩き回るくらいだった。一向に心が落ち着かない。

馬場が警察に連れていかれた。事件の重要参考人として。

いったいどうなってんだ、と誰もいない事務所の中で呟く。重松がついているから大事にはならないだろうとは思うが、心配ではある。

その数分後、電話がかかってきた。榎田からかと思い、投げ捨てた端末に飛びついたが、違った。

ジローからだった。

「どうした、キノコは見つかったか？」

挨拶もなく尋ねると、

『林ちゃん、どうしよう……』

ジローの声は震えていた。

様子がおかしい。林は眉をひそめた。「おい、どうした。なにがあった」

問《と》い質《ただ》すと、ジローは涙声で答えた。

『ミサキが……ミサキが、誘拐されたの』


脅迫電話がかかってきたのは、ジローがバー【Babylon】で仕込みをしている最中のことだった。『お前の娘を誘拐した』という一言を残し、電話は切れた。

カウンター席で項垂《うなだ》れているジローに、

「それだけか？」と、隣に座るマルティネスが尋ねた。「身代金《みのしろきん》の要求とか、なかったのか？」

力なく首を左右に振ることしかできない。相手からは何の指示もなかった。

「どんな声だった？　男か？　女か？」

「……わからない。ボイスチェンジャーを使ってるようで、機械みたいな声だったから」

念のため、警察への通報は控え、重松にだけ伝えておいた。犯人の要求が明らかになっていない段階で、騒ぎを大きくするのは危険だと考えたからだ。

「今は、犯人からの連絡を待つしかないか」

というマルティィネスの言葉に、ジローは弱々しく頷いた。

そのときだった。ドアをノックする音が聞こえてきた。「クール便です」と、宅配業者の男が入ってきた。

伝票にサインをして、段ボール箱を受け取る。少し重みがある。差出人の名前に見覚えはなかった。いったい中身はなんだろうか。

すると、

「この送り主の住所、デタラメだな」

箱を見たマルティネスが低い声で告げた。

「そうなの？」

「ほら、ここ」と、伝票を指差す。「博多区千代《ちよ》七丁目って書いてあるだろ？　千代は六丁目までしかない」

ということは、この差出人の名前も偽名だろう。いったい誰が、なにを送り付けてきたというのか。

恐る恐る、箱を開封する。

中を覗き込んだ瞬間、ジローは目を剝いた。

ひっ、と悲鳴をあげて後退《あとずさ》る。

箱の中身は、血に塗《まみ》れた人間の頭だった。

少し小さい、子どもの頭部。明るい色の髪の毛。ハーフアップの二つ結び――娘とそっくりのその髪型に、血の気が引き、体が震えはじめる。

「う、うそ……いやっ、そんな――」

取り乱すジローの肩を、マルティネスが強く摑んだ。

「ジロー、落ち着け！　ただのマネキンだ！」

彼の言葉にはっと我に返り、もう一度、中身を確認する。

よく見れば、人じゃなかった。偽物だ。マネキンの首にウィッグを被せ、血糊《ちのり》でそれらしく見えるようにしているだけで。

手の込んだ嫌がらせだ。送り主はおそらく、誘拐の電話をかけてきた人物と同一犯だろう。

「……くそ、趣味の悪ぃことしやがって」

マルティネスが舌打ちした、その直後だった。店のドアが開いた。

誰か来た。

身構えながら、入り口に視線を向ける。

「ただいま」

ミサキだった。

呆気《あっけ》に取《と》られているジローたちに、

「どうしたの、二人とも」ミサキは首を傾げている。「怖い顔して」

ジローはすぐに駆け寄り、ミサキを抱き締めた。

「よかった、無事だったのね……っ！」

「……苦しいよ、ジローちゃん」

「どこも怪我《けが》してない？　大丈夫？」

「うん」

直後、再び店のドアが開いた。一人の男が勢いよく中に飛び込んできた。

今度は林だった。

「おい！　どういうことだ、ミサキが誘拐されたって――――って、いるじゃねえか！」

ジローに抱き着かれているミサキを見て、林が叫んだ。心配して駆け付けてくれたようだ。ここまで全速力で走ってきたのか、酷く息を切らしている。

「ミサキ、なにがあった」

マルティネスが尋ねると、

「あのね」ミサキは事情を説明しはじめた。「友達とかくれんぼしてたらね、知らない人が話しかけてきて――」

3回裏

「本当に、ジローちゃんには手を出さない？」

少女の言葉に、小森は力強く頷いた。「うん、約束する」

「……わかった」

本当に小学生なのだろうか、この子は。

やけに大人びた表情に、落ち着き払った話し方。自ら後部座席に乗り込むミサキを眺めながら、気味の悪い子どもだな、と小森は戸惑いを覚えた。

鮫田が集めた情報によれば、この子は実の親から虐待されて育ったという。その頃の体験が彼女の情緒形成に大きな影響を及ぼしたことは確実だが、それに加え、育ての親が『復讐屋』であるという特殊な環境が、おそらく彼女をここまで大人にさせてしまったのだろう。小森はそう推察した。

子どもだと思って舐《な》めてかかったら痛い目をみるよ——我々を送り出す際に嗣渋は

そう忠告していた。たしかにその通りだと改めて気を引き締めながら、小森は少女の隣に乗り込み、その小さな頭に目隠しの袋を被せた。

車が発進する。鯰田は慎重な性格で、尾行がついていないかを必ず確認する。細い路地の入り組んだ一帯をぐるぐると回るように移動しながら、問題がないことを確認したところで、アジトであるコテージまでのルートに切り替えた。

その直後のことだった。

「……なんだ、アレは」

運転席の鯰田が不意に呟いた。

「どうしたの」

小森は身を乗り出し、フロントガラスの先を確認した。

——誰かいる。

道の真ん中に人が立っている。真っ赤な服に派手な髪色の男が。

鯰田は軽くクラクションを鳴らし、アクセルを踏み込んだ。しかし、男は車を避けるどころか、こちらに向かって走ってくる。

「おい、こっちに来るぞ」鯰田が声をあげた。「死にたいのか」

次の瞬間、男が車のボンネットに飛び乗った。フロントガラスに両手をつけると、顔をぐっと近付け、車の中を覗き込んでいる。

ピエロのような顔をした、不気味な男だった。

「みぃつけたぁ、」

直後、ピエロが動いた。視界から消えた。

今のはいったい何だったんだろうか。

得体の知れない男に気味の悪さは拭えないが、わざわざ相手にしている暇はない。

「車を出して」

小森は鋭い声で指示を出した。

ところが、ハンドルを握る鯰田の体が強張った。アクセルを踏んだ瞬間に車が蛇行し、危うく壁にぶつかりそうになる。

慌ててブレーキを踏み、

「……やられた」

鯰田が呟く。

先程より車の車高が少し下がっている。まさかと思い、小森はすぐに車を降りた。確認すると、案の定タイヤにナイフが刺さっていた。パンクしている。

ピエロは車の上にいた。こちらに向かってナイフを投げてくる。曲芸でも披露しているかのような滑稽な動きで。けらけらと笑いながら。

さらに男はジャグリング用のクラブを振りかざし、上から飛び掛かってきた。小森は攻撃を避け、応戦しようとした。そのときだった。

反対のドアが開き、ミサキが車から飛び出してきた。

「子どもが逃げたぞ！」

鱠田が運転席を降り、叫んだ。

ピエロが彼女を抱え上げ、走り出す。小森もすぐに追いかけた。

「つぎはおにごっこ？」

ピエロは楽しげに笑っている。

追いつけなかった。足が速い上に、相手の方が土地勘もある。途中で見失ってしまった。引き返し、鱠田の元へと戻る。

路上に立ち往生している車。パンクし、ただの鉄の塊となったそれの横で、

「しくじったな」

と、鱠田が頭を掻いた。

「ええ、最悪のミスね」

油断していたわけではない。ありとあらゆる事態を想定して動いていた。

ただ、その想定を、大きく上回る展開が起こってしまっただけだ。

「副社長、怒るだろうな」

「そうね」

「殺されるかな、俺たち」

小森は肩をすくめた。「それだけのミスをしたのだから、覚悟しておきましょう」


「……そう、無事やったね。よかった」

林からの報告に、馬場は安堵の息を吐いた。

ミサキが誘拐されたと聞いたときは気が気でなかったが、無事に帰ってきたようで心底ほっとした。

『ミサキを攫おうとしたのは、二人組の男女だったらしい。ジローのことも調べ上げてたって。復讐屋に恨みをもつ人間の犯行かもしれないな』

恨みをもつ人間――仮にそうだとすると、心当たりが多すぎて犯人を絞り込むのは困難だろう。彼らは人の恨みを晴らす仕事をしている。その分、復讐した相手からの恨みを抱え込んできたはずだ。

『それより、お前の方はどうだ？　大丈夫だったのか？』

と、林が話題を変えた。

「うん。もう帰っていいって言われた」

いきなり警察署まで連行されたのは予想外だったが、重松が上手く話をつけてくれた。馬場の犯罪の証拠となるあの防犯カメラの映像が、何者かによって細工されていたことを証明するため、サイバー課の知人に掛け合ってみるとのことだった。

今はもうすでに探偵事務所に戻っていることを告げると、林は『そうか、よかった』と返した。

「俺の方は大丈夫やけん、しばらくジローたちについてやっときい。まだ不安やろうし」

いつまたミサキが狙われるかもわからない。林が護衛として傍にいた方が安心できるだろう。

馬場の提案に、林も頷いた。『ああ、そうだな。そうする』

そこで通話を切った。

ソファに腰を下ろし、独り言を呟く。

「……なんか、妙なことが起こっとるね」

何者かに襲撃された大和。その犯人に仕立て上げられた自分。

そして、今回のミサキの誘拐未遂。

立て続けに仲間が被害に遭うなんて、偶然とは思えない。裏でなにかが動き出している気がしてならない。

嫌な予感がする。言葉では上手く説明できないが、ぞわぞわとした不快な感覚を覚える。まるで歯車が少しずつ狂っていくような、日常が壊されていくような、そんな胸騒ぎが。

捨て置けない問題ではあるが、自分には他にやることがあった。携帯端末が振動している。メールを受信したようだ。開いてみると、待ちわびていた相手からだった。

送信元は、マーダー・インク採用担当。

どうやら自分は無事に採用試験を通過したようだ。『今すぐ会社に来てくれ』とのことだった。スーツに着替えるため、馬場はソファから腰を上げた。

東京から福岡に拠点を移したという古巣は、市内の一等地に立派な自社ビルを構えていた。百道浜《ももちはま》にあるマーダー・インク本社、その二階のフロアにて、猿渡は朝から書類仕事に苦戦していた。

「今日中にこの資料をデータに入力しといて」

と、上司が押し付けてきたファイルは国語辞典三冊分ほどの厚みがある。過去のクライアントの情報が手書きで記されていた。それをデータ化するための部署が、この資料室だという。

なんで俺がこんなことせないかんのかちゃ、と内心イライラしながらも、さすがに勤務初日で上司に盾突いてクビになるわけにもいかず、猿渡はおとなしくパソコンに向かうしかなかった。

こうしてスーツを着て、ネクタイを締めて、会社に出社して。久々のデスクワークに対し、ふと思う。つい考えてしまう。どうしてこんなことになってしまったのだろうか、と。

猿渡はデスクの引き出しを開けた。そこには一枚の手裏剣と、一本の苦無《くない》が入っている。眺めていると、眼鏡の元相棒の胡散臭《うさんくさ》い笑みが頭を過った。

すべてはあの男のせいだ。舌打ちをする。あいつが、あんな情けないことをしたから。俺がいちばん許せないことをしやがったから。だからバッテリーを解消しなければならなかった。敵に土下座で命乞いなんかしやがって。思い出したらまた腹が立ってきた。キーボードを叩く動きが乱暴になってしまう。

だが、同時に自分にも腹が立った。そもそも、俺があの間抜け面に勝ってさえいれば、こんなことにはならなかったのだから。

無言で手裏剣を見つめながら、思う。こんなもの、捨ててしまえばいい。それなのに、どうして捨てられないでいるのだろうか。

雑念に支配されてしまい、仕事にならなかった。気分転換に休憩でもしようかと椅子から腰を上げ、オフィスを出る。

廊下に出たところで、

「――なあ、あの噂聞いた？」

他の社員の声が耳に届いた。

「え、なに？　噂って」

「ほらあの、失踪していた社長の息子が見つかったっていう」

「ああ、聞いた聞いた。隠し子らしいな」

二人組の男の話し声に、猿渡はさらに苛立ちを募らせた。こいつら、さっきからずっと仕事サボって、喋《しゃべ》ってばっかりじゃないか。

猿渡は大股で廊下を歩いた。二人と目が合ったが、挨拶もせず無視して通り過ぎることにした。

その直後、

「あの新人、出戻りらしいぞ」

背後から声が聞こえてきた。今度は自分の噂話をしている。

「東京ではエース張ってたらしいけど、いろいろ性格に問題があるらしくて、事業部が配属を拒否したって」

「それで、資料係に？」

「人手不足だしな。誰もやりたがらない仕事だから」

くすくすと笑い声が聞こえてくる。屈辱的だった。

気付けば猿渡は踵を返していた。二人の元に引き返し、「おい、貴様」と声をかける。

「ぺちゃくちゃ喋っとらんで、さっさと働けちゃ。この給料泥棒が」

その瞬間、男たちの表情が怒気を帯びた。

「あ？　なんだって？」

「新人のくせに、口の利き方がなってねえな」

「教育してやるか」

二人は顔を見合わせ、にやついている。

やれるもんならやってみろ。

男の一人がこちらに殴り掛かってきた瞬間、猿渡は口角を上げた。拳を避け、反撃する。相手の顔面を下から突き上げるように攻撃を繰り出せば、男はふらつき、廊下に倒れた。

「やっぱ、こうでないとな」

拳を構え、臨戦態勢を取る。いい休憩になりそうだ、と猿渡はほくそ笑んだ。


「申し訳ございません、嗣渋社長」

深々と頭を下げた小森に倣い、鯰田も失敗を謝罪した。「申し訳ございませんでした」

タイヤの交換を済ませた車でアジトへと戻る間、鯰田は憂鬱な気分だった。小森もずっと黙り込んでいた。上司にミスを報告しなければならない。ただでは済まないことをしたのだ。どんな仕置きが待っているのだろうか。銃で頭を撃ち抜かれる自分の姿を想像しながら、鯰田はハンドルを握っていた。

ところが、手ぶらでコテージに戻った二人を、嗣渋はにこやかに出迎えた。

「しょうがないよ、部下の失敗は上司の責任だ」

彼の一言に、鯰田は驚いた。

嗣渋司——マーダー・インク副社長。血も涙もない、残酷で冷徹な男だという噂を聞いていた。今は亡き社長から英才教育を受けた、人殺しの機械だと。加えて、殺人を娯楽にしようという考えの持ち主なのだ。非常識で、嗜虐心《しぎゃくしん》に支配された男なのだろうと予想していたが、その認識はどうやら間違っていたらしい。

「気にしなくていい。畏縮してパフォーマンスが落ちたら困るから、失敗を恐れずにのびのびとやってほしいな」

良くない噂があってもなお、鯰田が彼のスカウトを受けることにしたのは、単に給料面での待遇がよかったからだ。今の部署の三倍の額を提示されたら、引き受けないわけにはいかなかった。

だが、その選択は間違っていなかった。噂に反し、この男は理想の上司だ。

「それに、今回の狙いは相手側に恐怖を与えることだからね。その目的は十分に果たせた」

嗣渋は満足そうに告げた。たしかに彼の言う通り、目的は『誘拐』ではなく『復讐』である。どれだけ相手側に嫌がらせをできるかが重要だ。その点、今回の誘拐は未遂であっても大きな精神的苦痛を与えることができたといえる。

「依頼人が満足してくれれば、それでいいんだ」

あるクライアントの依頼を果たすために、我々は動いている。その標的は、『博多豚骨ラーメンズ』という草野球チームのメンバー。

敵の情報収集は鯰田の役目だった。標的は秘密主義の連中ばかりで調査は困難を極め、全貌を摑むまでに一か月を要した。相手側に優秀なハッカーがついていたこともあり、余計に時間がかかってしまったのだ。

調べを進めていくうちに、鯰田は連中の裏の顔を突き止めた。フリーランスの殺し屋、復讐屋、拷問師、掏摸《すり》、死体を扱う闇医者までいる。

彼らにどんな恨みがあるのかは知らされていないが、クライアントは連中への復讐を強く望んでいる。手段・方法・生死は問わない。とにかく『復讐』すること。それが条件で、すべては嗣渋の裁量に任されている。

「次はどうします？」

と、泉が尋ねた。

「軽く挨拶も済んだことだし」嗣渋は軽い調子で答えた。「そろそろ一人殺しとこっか」

「そうですね」小森が頷く。「誰にしましょうか」

嗣渋は壁の写真を眺めながら、顎に手を当てて「うーん、どうしよっかな」と頭を悩ませている。

「誰がいいと思う？」

意見を求められ、それぞれが自分の考えを述べる。最初に「やっぱ、野球はピッチャーっしょ」と泉が声を弾ませた。

「それを言うなら、キャッチャーの方が大事では？」小森が反論する。「この男は刑事ですし、消しておくべきかと」

鯰田も口を開いた。

「センターラインという話でいけば、セカンドとショートも重要ですね。この二人は殺し屋です。今のうちに相手の戦力を削《そ》いでおくのも、効果的です」

厄介な存在から潰していくべきだ。情報の要はすでに堕としている。次に消しておくべきは実戦担当の二人だろう。特に、精神的支柱である馬場善治は狙い目だ。この男を失えば、このチームは確実に傾く。

そんな鯰田の提案に、

「セカンドは駄目だよ」嗣渋は首を振り、口角を上げた。「馬場善治は俺が殺《や》る」

4回表

腰の調子はだいぶマシにはなったが、まだ油断はできない。無理はしない方がいいと諭され、もうしばらくの間、斉藤の世話になることにした。

「手伝わせて悪かねえ、斉藤くん」

ハンドルを握ったまま横目で助手席を一瞥《いちべつ》すると、斉藤は笑顔を作った。「気にしないでください、どうせ暇してますし。それに、こういう仕事はしたことなかったから、結構楽しいですよ」

「そうね。ならよかったたい」

この日は屋台も定休日で、源造は斉藤を連れて買い出しに行くことにした。愛車である白の箱バンを運転し、博多区内の業務用食品スーパーへと向かう。

この店は源造の行きつけだ。さすがは大型店舗というだけあって、併設された駐車場は広々とした二階建てになっており、停《と》めるスペースには困らない。

段ボール箱が積み上げられた店内を巡りながら、目当てのものをカートのカゴに入れていく。ゲンコツ、背脂、鶏《とり》ガラ、ネギ、生姜《しょうが》、ニンニク、チャーシュー――次々と手に取り、先に進む。

「お菓子買《こ》うちゃるばい。好きなもん入れりい」

という冗談に、斉藤は「子どもじゃないんですから」と笑った。

会計を済ませたときにはすっかり日が沈んでいた。両手に買い物袋を抱え、駐車場へと向かう。大荷物だ。いつもこれを運ぶのに苦労させられているが、今日はこの若者のおかげで負担が少ない。

車のバックドアを開き、購入した食材を後部の荷室に積み込んでいく。

「ありがとね、斉藤くん。助かったばい」

「いえいえ」

ドアを閉めようと手を掛けたところで、

「――あの、すみません」

不意に声がした。

源造たちは振り返った。薄明かりの駐車場に人影が見える。二人組だ。スーツ姿の男女。

その片方、若い男が「斉藤さんですよね？」と尋ねた。

源造と斉藤は顔を見合わせた。「知り合いね？」と視線で確認すると、斉藤は小刻みに首を振った。どうやら見ず知らずの二人組らしい。

「ど、どちらさまですか……？」

斉藤が恐る恐る尋ねた。どちらも答えなかった。ただ無言で、ゆっくりとこちらに近付いてくる。

一瞬、殺気を感じた。

嫌な予感がする。源造は一歩、前へ出た。

「……斉藤くん、逃げんしゃい」

背後の仲間に小声で告げる。

斉藤は戸惑っている。わけがわからず、目を丸くして「えっ、えっ？」とあたふたしている。

「この二人、ただモンやなか。逃げんしゃい」

彼らは先刻、斉藤の名前を呼んだ。斉藤が狙いだ。連中の正体が何であれ、このままでは仲間の身が危ない。自分の勘がそう告げている。ここは自分が二人を足止めして、斉藤を逃がすほかないと。

「逃げて、馬場か、林に連絡しい。重松でもよか」

「で、でも――」

「お前がおったら邪魔になる」源造は叫んだ。「いいけん、はよ逃げろ！」

その瞬間、斉藤は弾《はじ》かれたように走り出した。駐車場を飛び出し、大通りの方へと向かう。

追いかけようとした二人に対し、

「動くな」

源造は車の荷台に隠していた拳銃を取り出し、構えた。

「追わせんばい」

二人の体がぴたりと止まる。それから、ゆっくりと両手を上げた。

「あんたら、なにモンね？　なして斉藤くんば狙っと――」

直後、男の方が動いた。懐からなにかを取り出した。黒い塊。サプレッサー付きのハンドガン。その銃口がこちらを向く。

一瞬、反応が遅れてしまった。相手の銃弾が掌に直撃し、源造は痛みに顔をしかめた。地面に転がった銃を拾おうと手を伸ばしたが、届かなかった。さらに痛みが強くなる。男の革靴が、源造の掌を踏んでいる。

「小森さん、行ってください。このジジイは俺が」

「了解」

女が走り出した。車に乗り込み、斉藤の後を追う。

源造は顔をしかめた。稼げた時間はわずかだ。とにかく逃げ延びてくれ。無事でいてくれ。心の中で斉藤の安否を気遣いながら、視線を上げる。男が源造を見下ろし、こちらに銃口を向けていた。引き金を引けば眉間を撃ち抜ける位置だ。

さて、どうしたものか。

かなりマズい状況だ。だが、このまま簡単にやられるわけにはいかない。

源造は動いた。屈んだまま、男の体に向かって体当たりする。相手がバランスを崩し、後退ったところで、一気に前に詰めた。相手の顔面に肘を叩き込んでから、右腕を摑んで凶器を捥《も》ぎ取《と》る。

「……結構やるっすね」源造から距離を取り、男が苦笑を見せた。「歳の割に」

丸腰になった男を見据え、源造はにやりと笑った。「男なら拳で決着つけようや」

「そういうの、時代遅れっすよ」

男がスーツの懐を漁る。取り出したのは、大型のサバイバルナイフだった。

源造は舌打ちし、呟いた。「まったく、最近の若者は」

ミサキの話によると、友人とかくれんぼをしているときに、見知らぬ女が声をかけてきたらしい。脅されて車に乗り、連れ去られそうになったところを、友人が助けてくれたという。

犯人は男女二人組。どちらも見た目は三十代くらい。スーツ姿で、会社員風の出《い》で立《た》ちだったそうだ。女の方は長い黒髪をひとつに結んでいた。男の方は体が大きく、髪は角刈りだった。ミサキはそう証言した。

「後部座席の下に、ＧＰＳ仕掛けといたから」

というミサキの言葉に、林は感心した。さすがは復讐屋の娘だ。転んでもただでは起きない。肝が据わっている上に、頭がよく回る。

あとはその位置情報を頼りに犯人の手掛かりを掴みたいところだが、まだひとつ困った問題が残っていた。

「……こんなときに、あのキノコはなにしてんだよ」苛立った声で林は呟いた。

榎田が未だ捉まらないのだ。いくら電話をかけても出ない。彼の端末には自分からの不在着信が三十件は溜《た》まっているだろう。

いつまでも待っているわけにはいかなかった。今回は自力で調べるしかない。敵の位置情報はまだ生きているようで、林が携帯端末で確認したところ、丸い印が地図上を移動していた。発信機を仕掛けたことには、今のところ気付かれていないようだ。

気付かれる前に、動かなければ。

「俺が行く」

馬場には復讐屋の護衛を頼まれている。傍についていてやれと。だが、守っているだけでは勝てない。敵の正体を調べ上げ、手を打たないことには、ジローたちは永遠に狙われ続けるのだ。ここでじっとしているだけでは、なにも解決しない。

意を決し、カウンターのスツールから腰を上げた林を、

「ダメよ、危険だわ」

と、ジローが強い口調で止めた。

心配するジローの気持ちも理解できる。相手が何者かわからない状態で正面から突っ込むのは、リスクが高すぎる。

だが、せっかくミサキが作ったチャンスを逃すわけにもいかない。

「このままキノコを待ってたら、発信機に気付かれちまうかもしれない」

「そうだけど……」

「大丈夫、深入りはしねえから」

という林の言葉に、ジローは渋々頷いた。

「なにかあったときは馬場を呼んでくれ」と言い残し、林は店を出た。

まるで、丸腰で戦場に向かうような気分だった。情報というものがいかに大事かを改めて思い知らされる。自分たちがいつも安心して仕事に臨めていたのは、すべて榎田の情報というサポートがあったからこそだと、今さらになって痛感してしまう。

位置情報の丸印は千代から中洲方面へと向かっていて、しばらくしてぴたりと止まった。タブレット端末の地図を確認しながら、林は先を急いだ。

十五分ほど歩くと、目的地に到着した。

GPSによれば、車はこの近くに停車しているはずだが。

林はきょろきょろと辺りを見回した。路肩に駐車している一台のセダンが目に留まった。車体の色は黒、ナンバーは『わ』――レンタカーのようだ。「黒い車だった」というミサキの証言が頭を過る。この車だろうか。

慎重に近付き、中を覗き込む。誰も乗っていない。とりあえず、運転手が帰ってくるまでの間、近くに身を潜めて張り込むか。

そう思い立った、まさにその直後のことだった。

悲鳴が聞こえた。

男の声だ。うわあ、助けて、という叫びが林の耳に届いた。この近くから聞こえてきた。林はすぐに声の方向へと走った。

街灯の下に人影が見える。

そこにいたのは、斉藤だった。

斉藤はコンクリートの壁際に追い詰められ、窮地に立たされていた。見知らぬ女が彼の首を摑み、強く絞め上げて殺そうとしている。

スーツ姿で、髪をひとつに結んだ女――ミサキが話していた特徴と一致する。こいつが例の誘拐犯の一人か。

それにしても、どういうことだ。ミサキを誘拐しようとした人物が、どうして斉藤の命を狙っているんだ。

だが、今はその理由を考えている余裕はなかった。早く助けなければ。林はすばやく距離を詰め、女に向かって蹴りを繰り出した。

「――おい」相手を睨みつけ、問い質す。「俺の仲間になにやってんだよ、お前」

女は答えなかった。

乱入してきた林に驚く様子もなく、その女は平然と攻撃を受け止めた。斉藤から林へと狙いを変え、お返しとばかりに回し蹴りを叩き込んでくる。

林はすばやく後ろに下がり、攻撃を避けた。拳を構え、応戦する。女の動きは機敏で、迷いも無駄もなかった。それ相応の訓練を積んできたことが窺《うかが》える。繰り出される拳を両腕でガードしながら、隙を突いて前蹴りをお見舞いする。それを読んだ相手が一歩下がったところで、林はポケットから得物を取り出した。愛用のナイフピストルにはフルで弾が詰まっている。

「動くなよ」

銃口を向けると、女の動きがぴたりと止まった。

「へえ、わかるのか。これがただのナイフじゃないって」

女は答えなかった。だが、肯定したも同然だ。その証拠にゆっくりと両手を上げ、後退った。

形勢が逆転したかに思えた、そのときだった。

突如、車が突っ込んできた。林を撥《は》ね飛《と》ばそうという明確な意思を持って、黒い鉄の塊が直進してくる。

とっさに避けようとしたが、間に合わなかった。車体が軽く体に触れ、その衝撃で林は弾き飛ばされた。後方の壁に体が激突する。

突進してきたのは例のレンタカーだった。運転席にいたのは若い男。窓から顔を出し、女に声をかけている。「こっちは終わったっすよ。引き上げましょう」

女は無言で頷き、助手席に乗り込んだ。車が発進し、その場を立ち去ろうとしている。

林はすぐさま起き上がった。

「おい、待て！」

追いかけようとしたが、それを邪魔したのは斉藤だった。

「林さん、待って！」斉藤が林の腕を摑む。「待ってください！」

「馬鹿、放せ！」

ここまできて逃がすわけにはいかない。振り払い、前に進もうとした。

そのとき、

「源造さんが……っ！」

斉藤が叫んだ。

その切羽詰まった声色に、林は思わず足を止めた。振り返り、斉藤の顔を見る。

「源造が……どうした」

「源造さんが……源造さんが、俺を逃がそうとして……」

今にも泣き出しそうなその表情は、事の重大さを物語っていた。

彼の「逃がそうとして」という言葉と、先刻の「こっちは終わった」という男の一言。

「まさか──」

その二つが頭の中で結びつき、これ以上ないほどの嫌な予感が林を襲う。

「場所はどこだ！」

「ち、千代の、業務スーパーで」

斉藤をその場に残し、林は走り出した。すぐにタクシーを捉まえ、早口で行き先を告げる。目的地に到着したところで、万札を投げ捨てて車から飛び出した。

店の駐車場の奥に人だかりができている。

「おい、うそだろ……」

その光景に、林は愕然《がくぜん》となった。

力が抜け、地面にがくりと膝をつく。

人々の視線の先には、一台の車があった。

白い車体に飛び散った、赤い色。

車に凭《もた》れ掛《か》かるような格好で倒れていたのは、血塗れの仲間だった。


『次は、この防犯カメラの細工をお願い。前回と同じ要領で、今から送る映像とすり替えてほしい』

ベッドの上で暇を持て余していると、スピーカーから指示が出された。また馬場と同じ声だ。

榎田は渋々起き上がり、机についた。パソコンを開き、送られてきた動画を再生する。どこかの店の駐車場の映像だった。

そこに映し出された光景に、榎田は言葉を失った。

駐車場の中で二人の男が戦っている。どちらも顔見知りだ。一人は源造。もう一人は、スーツ姿の馬場。

二人は殺し合いをしていた。馬場が源造に拳銃を突き付ける。それに対し、源造が体当たりをして、武器を奪い取った。

源造が拳を構えた。馬場がナイフを取り出し、振り回した。源造の前腕を切りつける。それと同時に源造は相手の顔面に裏拳を叩き込んだ。馬場がふらつく。その隙に源造が距離を詰めた。だが、次の瞬間、動きが鈍った。源造は片膝をついている。馬場はもう一本ナイフを隠し持っていたようで、その鋭い刃は源造の体に深くめり込んでいた。

源造は倒れ、地面に這《は》いつくばっていた。それでも、立ち去ろうとする馬場の足を摑み、引き留めている。馬場は振り返り、源造の顔を蹴り上げた。体が勢いよく弾かれ、背後の車に激突する。源造は車体に頭をぶつけ、ぐったりと俯いた。

馬場はその頭を摑み、源造の胸にナイフを突き刺した。

ありえない光景に、榎田は愕然とするしかなかった。

「……これ、フェイクだよね？」

確実に偽物だ。馬場がこんなことをするはずがない。おそらく、また他の人間の顔を馬場の顔とすり替えたのだろう。大和への襲撃と同じように。単なるディープフェイク。

ただ、問題なのは――源造の方だ。

すべてがフェイクであってくれ、と榎田は願った。これが実際に起こった映像であってはならない。もし源造の姿がフェイクでなかったとしたら、最悪の事態が考えられる。

言葉を失い、黙り込んでいる榎田に、

『その質問に答えてあげようか』

と、スピーカーが声を発した。

『君の想像通り、剛田《ごうだ》源造は死んだよ』

その言葉に、一瞬、冷静さを失ってしまった。榎田はノートパソコンを抱え上げると、壁に向かって思い切り叩きつけた。何度も何度も、繰り返し、壊れるまで叩きつけた。

「……いい加減にしてくれるかな」

許せなかった。

これは犯罪の幇助《ほうじょ》――その被害者は仲間たちだ。自分は仲間を殺す手伝いをさせられている。さすがに黙ってはいられなかった。

低い声で問い質す。「ボクにこんなことさせて、なにが狙いなの」

『スペアのパソコンが棚の裏にある。それを開いたら、教えてあげるよ』

榎田は深呼吸を繰り返し、どうにか心を落ち着かせようとした。こんな男の指示に従うのは癪《しゃく》だが、今は言う通りにするしかない。隠されていたパソコンを見つけ、開いたところ、通話がかかってきた。クリックして応答すると、画面が切り替わった。
『やあ』
ビデオ通話だ。男が映っている。笑顔でこちらに手を振っている。
榎田は驚き、目を見開いた。「その顔――」

4回裏

マーダー・インクの自社ビルは百道にある。聳《そび》え立《た》つ漆黒の建物の前で車を降りると、馬場はネクタイを締め直した。

入り口の前では、上尾という男が待ち構えていた。社長秘書をしているという。眼鏡を掛けていて、髪の毛をきっちりと固めた、生真面目そうな雰囲気の男だった。

「どうぞ、こちらへ」

要するに、この男は嗣渋昇征の側近だ。上手く立ち回れば、上尾から標的の情報を聞き出せるかもしれない。先導する男の背中を睨みつけながら、馬場はさらに気を引き締めた。

自動ドアを抜けると、上尾はゲートに社員証を翳《かざ》して先に進んだ。馬場もその後に続き、会社の中へと足を踏み入れた。辺りを見回し、観察する。一見、ごく普通の会社だ。内装は黒で統一されていて、高級感がある。

アクアリウムや観葉植物が並ぶエントランスホールを歩きながら、

「このビルは地下一階から地上十四階まであります。屋上にはヘリポートも」

と、上尾は説明した。

その後、彼は馬場を連れてビルの中を案内した。エレベーターに乗り込み、まずは地下一階を目指す。長い廊下を歩きながら、上尾は説明を続けた。

「こちらは防音室です」

扉を指差し、「要するに、拷問部屋ですね」と付け加えた。さすがは殺人請負会社だ。会社の設備が普通とは違う。

さらに先へと進んでいく。再びドアが見えてきた。

「ここは特別資料室です」立ち止まり、上尾が告げる。「この中にあるPC端末には我が社に関するすべてのデータが記録されています。機密情報ですので、アクセス権限をもつのは社長のみです。指紋認証で端末にログインできる仕組みになっています」

ただし、と上尾が付け加える。

「万が一のときのために、起爆装置が設置されています」

「……起爆装置？」

「ええ。怪しい動きが見られた場合――たとえば、外部の人間によってデータを抜き取られたと判断された場合、装置が作動するようになっているのです。我が社の秘密を守るために」

「会社ごと爆破して、証拠を隠滅すると？」

「大規模な爆破ではありませんが、社内全体が炎上しますので、取り扱いには十分ご注意ください」

最後の上尾の一言に、馬場は緊張感を覚えた。釘《くぎ》を刺された気分だった。もしかしたら疑われているのかもしれない。自分がこの会社を狙っていることを。

「怖いですね」誤魔化すように作り笑いを浮かべる。「近付かんようにします」

その後も、上尾は順番にフロアを回り、説明した。「こちらは事業部のオフィスです」「ここは情報システム部。社内のサーバー室もこちらに」「ここは備品管理室。武器や銃火器などを保管しております」「このフロアには大会議室と役員会議室があります」――丁寧に案内しながら、徐々に階を上がっていく。おかげで会社の全体像は把握できた。

そうこうしているうちに最上階にたどり着いた。扉のロックを解除し、中に入る。

「そして、こちらが社長室です」

ビルの最上階にある社長専用オフィス。このフロア全体が一つの部屋になっているという。かなりの広さだ。高級家具が揃えられ、オフィスというよりまるでホテルのスイートルームのような雰囲気である。

「扉は暗証番号と生体認証の二重ロック。窓は防弾の強化ガラスで、外からは見えないようになっています」

窓の外には綺麗な街並みが広がっている。福岡タワーもよく見える。その先には海もある。いい眺めだ。普通の社員は立ち入ることのできない場所だということがひしひしと伝わってくる空間だった。

それなのに、いったいなぜ、自分はこんな場所に案内されているのだろうか。

「これから社長面接？」

馬場は尋ねた。早々に嗣渋昇征と対面できるというなら、それは願ってもないことだが。

「でも、誰もおらんみたいやけど……」

デスクの椅子には誰も座っていなかった。辺りを見回すが、社長らしき人物は見当たらない。

すると、

「貴方《あなた》の席です」

無人の椅子を掌で指し、上尾が告げた。

「……は？」

理解できなかった。上尾の言葉が。

今、なんて言った？

戸惑う馬場に、上尾が告げる。「お話しいたしましょう。貴方が知りたがっていることを、すべて」

「知りたがっていること、って」

「馬場一善が殺された理由ですよ」

……気付いていたのか。こちらの狙いに。

警戒し、馬場は後退った。この男、いったいなにを考えているのだろうか。自分が嗣渋昇征を狙っていると知りながら採用し、会社を案内した。その狙いは何なんだ。自分を会社に誘《おび》き寄《よ》せ、始末するためだろうか。いや、だとしたらこれほど回りくどいことをする必要はないはずだ。

それに、先刻の言葉。――貴方の席。あれはどういう意味だ。

頭の中で考えを巡らせ、警戒心を強める馬場だったが、対する上尾は暢気なものだった。応接用のソファを指し、「どうぞ、お座りください」と恭しく席を勧めると、全自動のコーヒーマシンを操作しはじめた。

呆気に取られながらも馬場は腰を下ろした。二人分の飲み物を用意し、目の前のローテーブルにマグカップを並べたところで、

「結論から申し上げますと」と、上尾が徐に口を開いた。「貴方の実の父親は、嗣渋昇征なのです」

あまりの衝撃に、馬場は絶句した。

嗣渋昇征が――義父殺しの黒幕が、実の父親だと？

信じられない。そんなこと、あるはずがない。

「あれは、嗣渋昇征がマーダー・インクを立ち上げたばかりの頃のことです」

酷く戸惑う馬場を余所《よそ》に、上尾は話を進めていく。

「福岡へと出張に赴いた社長は、そこで一人の女性と出会いました。彼女は中洲で働くホステスで、社長は彼女をたいそう気に入っておりました。二人は交際することになり、やがて、一人の子を授かりました」

馬場の向かい側に座り、「その子どもが貴方です」と告げる。

受け入れられない話だった。だが、それを否定できる根拠も証拠もない。自分の生

い立ちについてはなにも知らされていないのだから。今は上尾の話に耳を傾けるしかなかった。

「彼女は、貴方を身籠ったことを社長に打ち明けようとしました。ところが、ちょうどそのとき、彼女は社長の正体に気付いてしまったのです」

普通のサラリーマンだと思っていた男が人殺しをしていることを知り、母親は嗣渋昇征と縁を切ることを決意した。そして、行方を晦《くら》ませた。上尾はそう説明した。

「自分の子どもが裏社会とは無縁の生活を送れるよう、彼女は逃亡生活を続けたのです」

自分の分のコーヒーを一口飲み、上尾が話を続ける。

「社長は長年、彼女を探し続けました。深く愛していた女性が自分の下から離れたことへの悲しみは根深く、その執着はすさまじいものでした。そして、それはやがて憎しみへと変わった。自分を裏切った女に制裁を加えるという目的の下に、我が社の優秀な社員を刺客として送り込んだのです」

我が社の優秀な社員。送り込まれた刺客。それが誰を指しているのか、自分は知っている。馬場は呟くように返した。「……別所暎太郎、か」

「そうです」

上尾は頷いた。

「長年の調査によって、様々な事実が判明しました。彼女は、あるクリニックで一人の男児を出産していた。その後、顔を整形し、偽造の身分を準備し、子どもを連れて船で海外へと渡っていたのです」

ようやく繋がった。すべてが。

母親が自分を産んだ場所は、おそらく加藤レディースクリニックだろう。院長の加藤隆一を口止めし、出産の記録を残さないようにした。整形手術を施したのは曽根俊明。そして、塚田治に偽造の身分証を作らせ、馬場一善の伝手《つて》を利用して水産会社の船に乗せてもらい、海外へと逃亡した。

別所は暗殺を依頼された。そして、彼女の逃亡を手助けした人物を順番に殺していった。口を割らせ、始末したのだ。事故や自殺に見せかけて。

「別所が逮捕されたことは誤算でした。馬場一善は自分が命を狙われていることを察し、予め《あらかじ》手を打っていた。おそらく、護衛を雇っていたんでしょう。あの別所がたち打ちできないほどの、腕の良い人物を」

あの事件の記憶が頭を過る。

別所に襲われている最中、突然現れたにわか面の男。

自分を助けたときの『間に合ったか』という彼の言葉。それから、倒れている父に向けられた、『遅かったか』という一言。

正鷹《まさたか》は、一善に雇われていたのか。

「さすがに、もう母子を連れ戻すことは不可能だろうと、嗣渋社長も諦めていたようです。……ところが、事実は少し違っていた。海外に渡ったのは彼女だけで、子どもは馬場一善に預けていた。彼女は一人で囮《おとり》になったんです」

母親は渡航先で命を落としたそうだ。風の便りでそう聞いたと上尾は言った。

「子どもを守るために命を懸けた、立派な母親ですね」

顔も名前も知らない母親。見ず知らずの女の壮絶な人生は、どうしても他人事《ひとごと》のようにしか聞こえなかった。

「社長からこの話を聞いたときは、私も驚きました。そして、その隠し子が今もこの日本にいると知ったのは、つい最近のことです。野球中継に貴方の顔が映ったとき、一目でわかりましたよ。あの嗣渋昇征の血縁者だと。若かりし頃の彼によく似ていますから」

上尾は「まさか貴方の方から会社に興味を持っていただけるとは」と目を細めた。

「嗣渋はどこにおると？」馬場は尋ねた。

自分が誰の息子だろうと、今はどうでもいい。狙いは嗣渋本人だ。彼さえ殺せればそれでいい。

「会わせてほしい。実の息子なら、会えるやろ？」

「不可能です」

「なんで」

「もうこの世にいない」

馬場は眉をひそめた。「……死んだと？」

「はい。ご病気でしたから」上尾が頷く。「嗣渋昇征は遺言を残しています。全財産を貴方に相続することが、社長の最期の願いなのです。この会社を、貴方に引き継いでほしいと」

ふざけんな、と馬場は吐き捨てた。

「この会社が俺の父さんにしたこと、わかっとる？」

義父はこの会社に殺された。社長の嗣渋が命令を下し、社員の別所が手を掛けたのだ。

この手で殺してやりたかった。復讐を遂げたかった。それが叶わないならば、もうここにいる意味はない。

「俺にとっての父親は馬場一善だけばい。嗣渋なんて奴の望みを叶えてやる義理はなか」

継ぐどころか、いっそのこと、この会社を潰してやりたいくらいだ。

話は終わりだと、馬場は腰を上げた。

すると、

「大変恐縮ですが、こちらも手段は選んでいられないのです」上尾の声色が急に変わった。「拒否すれば、貴方の大事な仲間に危害が及ぶと考えてください」

強引な脅しに、思わず足が止まる。

馬場は上尾を睨みつけた。「……俺の仲間は関係ないやろ」

「ええ。私だって、無関係な人間をこんなお家騒動に巻き込みたくはない。……ですが、いろいろと問題がありましてね」

「問題？」

「そのうちわかります」

上尾は意味深な表情で肩をすくめた。

「今ここで結論を出せとは言いません。数日ゆっくり考えて、会社を背負う覚悟が決まりましたら、連絡してください」

上尾が話を締めた、そのときだった。スーツの胸ポケットの中で端末が震えた。着信を知らせている。

取り出し、画面を確認する。林からだった。馬場は電話に出た。「ごめん、リンちゃん、今ちょっと忙しくて――」

一言告げて切ろうと思っていた。

「……リンちゃん？」

相手は無言だ。

呼びかけるも、返事がない。様子がおかしい。

「リンちゃん、どうしたと」

馬場は眉をひそめた。

長い沈黙の後、

『……馬場』

ようやく声が返ってきた。

憔悴《しょうすい》しきったような声色で、林が呟く。

『源造が、殺られた』

「え――」

彼の言葉が理解できなかった。

殺られた？　源造が？　死んだ？　殺されたのか？　――頭の中が混乱し、なにも考えられなくなる。

そんなわけない。嘘だ。源造が死んだなんて。

だが、この林の様子。只事《ただごと》でないことは確かだった。喉の奥からどうにか「すぐ行く」という一言を絞り出し、通話を切る。

「……あんたの仕業か！」

馬場は上尾に詰め寄り、その胸倉を摑んだ。

「よくも、俺の仲間を……っ！」

これは脅しか。見せしめに源造を殺したのか。自分をおとなしく従わせる、ただそれだけのために。

憤りが収まらず、気付けば馬場は相手の顔面を殴りつけていた。上尾の痩身が床の上に転がる。

ところが、

「私じゃありません。私たちはまだなにもしていない」

上尾は冷静な声色で否定した。眼鏡を掛け直しながら首を左右に振る。

「だったら――」

「おそらく、あの男が動き出したんでしょう。厄介なことになりましたね」

「あの男、って……」

殴られた頰を押さえ、上尾はため息をついた。

「貴方の弟ですよ」

5回表

パソコンの画面の中でこちらに手を振る男を、榎田はまじまじと見つめた。

どこか似ている、と思った。馬場に。

顔のパーツは違う。特に目元。目つきが鋭く、細めると三日月形に歪《ゆが》む。馬場と違って顎が鋭く、唇が薄い。そして、口の下にホクロがある。瓜二《うりふた》つとはいかないが、それでもどこか馬場の面影を感じさせる男だった。

『まずは自己紹介といこうか。はじめまして、榎田君。俺は嗣渋司。どうぞよろしく』

「嗣渋、って――」

榎田ははっとした。聞き覚えのある名字だ。

『そう。俺は嗣渋昇征の息子だよ』

すぐにグエンの話を思い出した。会社の跡継ぎ争いについて、あのとき彼はこう語っていた。本来なら息子である副社長が会社を継ぐことになっていた、と。

嗣渋昇征の息子ということは、画面の中にいるこの男はマーダー・インクの副社長だということか。

そして必然的に、今回の自分の拉致監禁、大和への襲撃、源造の殺害、それらの裏で糸を引いているのが、マーダー・インクという会社だということになる。

副社長はヤバい男らしい、とグエンは言っていた。殺し屋としても工作員としてもこの上なく有能。だが、人殺しを娯楽として捉えている、常軌を逸した危険な男。

そんな人物が、今まさに視界の中にいる。画面越しとはいえ油断はできなかった。

榎田は警戒を強め、パソコンを睨みつけた。

『つまらない身の上話をさせてもらうとね』

対照的に、嗣渋は暢気な声色で切り出した。

『俺は物心ついた頃から、会社を継ぐために厳しい教育を受けてきたんだ。立派な殺し屋になるようにね。それはもう軍隊の百倍くらいキツい訓練ばかりで、何度か死にそうになったこともある。友達と遊ぶ時間なんてなかった。ってか、そもそも学校にも通わせてもらえなかったから、友達がいなくてさ』

寂しい青春時代だったよ、と嗣渋は苦笑を浮かべる。

『やー、二世って大変だよね。君ならこの苦労、わかるでしょ？』

自分が政治家の息子であることを暗に指摘され、榎田は返す言葉がなかった。

この男、こちら側の情報を完全に把握しているようだ。

「ボクはもう、あの家とは関係のない人間だよ」

笑い飛ばすように告げると、嗣渋は肩をすくめた。『君には関係なくても、俺にはあるんだ』

「どういうこと？」

『知ってる？　君のお父さん、自分の下で働かせるために、裏であらゆる専門家をスカウトしてるって』

「ああ。そういえば、ボクも前にスカウトされたっけ」

あれはたしか、父親が法務大臣に就任したときのことだ。使用人の八木《やぎ》から電話がかかってきた。東京に戻ってこい、と。法務大臣直属のホワイトハッカーとして働かせるつもりで。

『君のお父さんは、記録に残らない傭兵《ようへい》部隊を作ってるんだよ。公的に動けない場面で暗躍できる、精鋭揃いのチームをね。たとえば、海外で日本人がテロ組織の人質にされたとしても、ただ黙って見てるしかないだろう？　だけど、この部隊を送り込めば、面倒な手続きをすっ飛ばして救出することができる。警察が手を出せないような大物悪党を暗殺したり、この国に潜む外国の工作員を始末したりと、裏でやりたい放題だ』

なるほど、と榎田は納得した。父親はその裏の傭兵部隊のブレーンとして、ハッカーの自分を雇おうとしていたのか。

だが、どうしてそんな極秘情報を、この嗣渋司が握っているのだろうか。

「へえ、やけに詳しいね」

軽く探りを入れてみたところ、

『そりゃあ、俺もスカウトされたことがあるからね。何年も前のことだけど。おまけに、そのチームに、弊社のお得意様を暗殺されたこともある』

「キミみたいな殺し屋まで声をかけてるの？　節操がないなぁ、あの人」

『まあ、殺し屋は使い勝手がいいから。殉職した後の片付けも楽だしね』

「お得意様を殺されたから、こんな嫌がらせをしてるわけ？」榎田はさらに踏み込んだ。「ボクをこうして監禁してるのは、ボクの家絡みの問題？」

すると、嗣渋は首を振った。『違うよ。俺の家絡みの問題』と笑う。

『ちょっと脱線しちゃったね。話を戻そう。要するに、俺はずっと厳しい教育を受けてきた。殺し屋として後継者に相応しい存在になるためにね。それなのに、親父《おやじ》はいきなり心変わりした。病気で寝込みはじめた頃に、隠し子の長男に会社を譲るって言い出したんだ。酷い話だと思わない？』

「隠し子の長男……」

『誰だと思う？　もう気付いてるでしょ』

榎田は押し黙った。彼の言う通り、すでに察しはついていた。というか、そうとしか考えられなかった。どうしてこれほどまでに顔立ちが似ているのか、声も髪の毛もそっくり同じなのか。

その理由は、ひとつしかない。

――血縁者だから。

『そう。馬場善治は、俺の腹違いの兄なんだ』

この男に手放しで賛同するわけではない。しかしながら、榎田には理解できる部分もあった。もし仮に自分が彼の立場だったら、と想像する。幼い頃から強いられてきた英才教育。政治家の跡取り息子として厳しく育てられ、すべてを犠牲にして努力した結果、どこの馬の骨ともわからない隠し子にそのポジションを奪われることになったら、たしかに黙ってはいられないだろう。

『そういうわけで、俺は馬場善治が邪魔なんだ』と、嗣渋は笑顔で話を締めた。


管轄内で殺人事件が発生したとの通報を受け、後輩の畑中が覆面パトカーの運転席に、重松は助手席に乗り込んだ。いつものようにサイレンを鳴らしながら、車を飛ばして現場へと急行する。

事件の現場は業務用スーパーの駐車場だった。すでに初動捜査が行われており、周囲には規制線が張られていた。黄色のバリケードテープを潜り、重松たちは奥へと進んだ。

一台の軽バンの周りで鑑識が作業している。白い車体やコンクリートの地面には血が飛び散っていた。どうやら凶器は刃物らしい。

遺体にはブルーシートが被せられていた。しゃがみ込んで両手を合わせてから、それを捲《めく》った瞬間、

「おい、嘘だろ――」

重松は目を見開き、息を呑んだ。

そこに横たわっていたのは、自分もよく知る人物だった。

冷たくなった仲間の姿に、思わず言葉を失う。重松は顔を掌で覆った。「知り合いですか」という畑中の言葉に、無言で頷くことしかできなかった。

どうして源造が。どうして仲間が。

職業柄、これまで人間の死体は山ほど見てきた。だが、今回ばかりは直視できなかった。腰を上げ、遺体に背を向けた。どうにか職務に集中しようと頭を切り替える。

「……通報者は？」

震える声で尋ねると、警官が駐車場の外を指差した。「あそこの男性です」

規制線の外に、警官に囲まれた若い男がいる。斉藤だった。

重松は彼の元に向かった。こちらに気付くと、斉藤の顔が歪んだ。今にも泣き出しそうな声で「重松さん」と自分の名前を呼んでいる。

「いったいなにがあったんだ」

尋ねると、斉藤は俯いた。

「いきなり、二人組に襲われて……」涙を流しながら事情を説明する。「林さんが来てくれたから、俺は助かったんですが……ここに戻ってみたら、もう、源造さんが……」

「林はどこだ？」

「他のみんなに知らせるって。たぶん、ジローさんのお店にいるかと」

後で話を聞かなければ。重松は「そうか」と頷いた。

斉藤の証言によると、襲ってきたのは男女の二人組で、完全に斉藤を狙っていたという。だとすると、このまま彼を放っておくわけにもいかない。

「君はしばらく、警察で保護してもらえ。話はつけとくから」

重松の提案に、斉藤は掌で涙を拭いながら頷いた。励ますように肩を叩き、踵を返す。

「――重松さん」

畑中が声をかけてきた。

「駐車場の防犯カメラの映像です」

と、タブレット端末を差し出してきた。受け取り、すぐに動画を確認する。そこには、源造の殺害の様子がはっきりと映っていた。犯人の顔も。

「そんな、まさか――」

重松は目を見開き、首を振った。

そこに映っていたのは、馬場だった。

「……本当に、狙いは馬場さんなの？」

榎田は探るような声色で尋ねた。それに対し、嗣渋は楽しげに『ほう』と眉を上げた。

敵側の目的。前々から抱いていた違和感の正体が、ようやく掴めてきたような気がする。榎田はさらに踏み込んで尋ねた。「馬場さんが邪魔なら、彼を消せばいいだけの話じゃん。それなのに、どうしてわざわざ、こんな嫌がらせを？」

榎田の指摘に、

『君は鋭いな。弊社で雇いたいくらいだよ』

と、嗣渋は称賛の言葉を漏らした。

おそらく、嗣渋司には他にも目的がある。でなければ、これほど回りくどい方法を取るはずがない。

『馬場善治に直接手を下さない理由は二つある。ひとつは、今、彼が死ねば、確実に俺が疑われるってこと。俺に制裁を加える正当な理由を社長派に与えてしまう。社内監査部という刺客が俺に送り込まれてくるだろう。面倒だから、できれば穏便に進めたい。それが遺言状の意思でもあるからね』

「もう一つの理由は……依頼、だよね？」

榎田の言葉に、嗣渋は目を丸くした。

「狙いは馬場さんを殺すことじゃない。依頼を果たすことだ」

嗣渋は否定も肯定もしなかった。ただ『君の推理を聞こうか』と、続きを促すだけだった。

「ボクは、嗣渋司という人物を誤解してた。キミが殺人をエンタメにしようと動いてるって聞いていたから、ただの快楽主義者だと思ってた。だから、ボクたちに嫌がらせをして愉《たの》しんでるんだろうって」

大和への襲撃も、源造の殺害も。それを自分に手伝わせることも。嗣渋は苦しんでいる自分たちの姿を見て悦《よろこ》んでいるものだと思い込んでいた。

「だけど、それは違う。こうして話してみて確信したよ。キミは理性的で、合理的な人物だ」

すると、嗣渋が何度も頷いた。『そうなんだよ、みんな俺のことを危ない快楽殺人鬼みたいに思ってるけど、誤解なんだよ』

「キミの経営方針だって、ちゃんとした理由があってのことでしょ？」

『もちろん。会社の将来を考えてのことだ』

殺人ショーもデスゲームも趣味じゃない。そう言って嗣渋は肩をすくめた。

『人間、殺したい相手なんて、普通は何人もいるわけじゃない。殺人請負業はリピーター獲得が難しいんだ。新規開拓しないことには、会社は先細りする一方だろう？』

「だけど、顧客が増えれば増えるほど、会社にとってはリスクが高まる」

『そういうこと。どこで情報が洩れるかわからないし』嗣渋が指先をこちらに向け、にやりと笑う。『だから、クローズドな空間で運営して、無駄な人件費を削って、単価の高い商品を提供する。あとは、ギャンブルのような中毒性の高い要素を殺人と絡めたりして、リピーターを逃さないようにすれば、この会社の業績も上がっていく』

「経営者としても優秀なんだね」

嗣渋は『理解してもらえて嬉しいよ。ありがとう』と歯を見せて笑った。

やはり快楽のために罪を犯すタイプじゃない。この男のやることには、すべてに意味がある。自分たちへの仕打ちも、単なる嫌がらせではないはずだ。

「あのフェイク映像もよく出来てたし、キミはボクたちの情報を完全に調べ上げていた。さらに、ボクがここで打ち込むプログラムをオンタイムで検閲することも可能。

ということは、ボクと同等レベルのハッキング技術をもつ仲間がいるってことだ。それにも拘わらず、キミはこうしてボクを脅して働かせている」

これほどまでに合理的な男が、どうして自分にこんな回りくどいことをやらせているのか。考えられる線はひとつ。

「つまりこれは、ボクへの復讐だ」

仲間の殺害に加担させることで、自分に精神的苦痛を与える狙い。そうとしか考えられない。

現に、その効果は絶大だった。源造が殺される瞬間を見たとき、完全に取り乱してしまった。

「キミが引き受けた依頼は、ボクたちへの復讐。そうでしょ？」

大和が襲われたのも、源造が殺されたのも、すべては復讐なのだ。

博多豚骨ラーメンズは、何者かによって復讐されている。

その読みは当たっていたようだ。馴渋は手を叩いて称賛した。『そこまで気付いていたか。さすがだなぁ』

「依頼したのは、誰なの？」

『それは言えない。君には、ね』

意味深な言葉を残し、嗣渋は一笑した。そして、唐突に話を変える。

『林憲明君が現場に駆け付けるのが意外と早かった。こちらの動きがバレてるみたいだ』

「ボクはなにもしてないよ」

『わかってる。おそらくあの女の子の仕業だろう。車に乗ったときにＧＰＳか盗聴器を仕込んでおいたのかな。賢い子だ』

女の子——まさか、ミサキにまで手を掛けたのか。

榎田が黙り込んでいると、嗣渋は『心配しなくても、彼女は無事だよ』と付け加えた。

「それで、これからボクたちをどうする気？」

腹の内を探ろうと質問を投げかける。嗣渋は少し頭を悩ませてから、『それは兄さん次第かな』と答えた。


バー【Babylon】は重い沈黙に包まれていた。仲間の死を受け入れられず、誰もが言葉を失っている。知らせを聞いたジローは涙を流し、マルティネスは怒りを露《あらわ》にした。佐伯《さえき》も大和も力なく項垂れている。

源造の死を悼み、受け止めるにはかなりの時間を要するだろう。だが、このまま悲しみに暮れているわけにもいかなかった。

「俺たち、明らかに狙われてる」

林は本題を切り出した。

馬場の冤罪《えんざい》、大和の襲撃、ミサキの誘拐未遂、そして、源造の殺害。あの男女は斉藤を狙っていた。豚骨ナイン全員を標的にしていることは明白だ。

だとしたら、榎田と連絡がつかないことにも説明がつく。

「あのキノコも、もう殺られちまったのかも」

林の言葉に、「やめてちょうだい」とジローが叫んだ。

「俺だって、考えたくねえよ」

考えたくはないが、楽観するわけにもいかない。これだけ電話が繋がらないのはおかしい。榎田はすでに電話に出られない状態にあると、最悪の事態を想定せざるを得なかった。

「いったい誰が、こんなことを……」

ミサキを抱き締め、ジローが呟いた。

すると、

「狙いは、俺かもしれん」

と、声をあげたのは馬場だった。

「犯人に心当たりがあるのか？」マルティネスが尋ねた。

馬場は答えなかった。ジローの方に顔を向ける。「たしか、ミサキが車にＧＰＳ仕掛けたとよね？　それ、まだ生きとる？」

ジローがタブレット端末を確認し、頷いた。「ええ、動いてるみたい」

馬場は腰を上げ、

「俺が行ってくる」

端末をジローの手から取り上げた。

「独りじゃ危ねえよ。俺も行く」

林が止めに入ると、馬場は首を振った。

「俺たち二人ともここを離れるのは危なか。リンちゃんはみんなの傍におって、守ってやって」

たしかに馬場の言うことにも一理ある。いつ襲撃を受けるかわからないのだから、戦える人員は確保しておいた方がいい。

「わかった」と、林は承諾した。「気をつけろよ」


GPSの情報を頼りに、馬場は愛車のミニクーパーを走らせた。地図上の丸印は一定の速さで移動している。市街地を離れ、郊外へと向かっているようだ。

車を運転しながら、馬場は考えを巡らせた。

『貴方の弟ですよ』

マーダー・インクの社長室で聞かされた真相。上尾の言葉が頭の中を反芻《はんすう》する。

彼の話によれば、嗣渋昇征にはもう一人息子がいるという。名前は嗣渋司。馬場の腹違いの弟であり、マーダー・インクの現副社長だ。

嗣渋司は会社を殺人請負業から撤退させ、殺人エンタメ業へと方向転換しようとしているという。そんな危険な人物に会社を継がせるわけにはいかない。だから対抗馬――つまり馬場という正当な後継者を探していたと、上尾は言った。

関係のない話だ。あんな会社、どうでもいい。

だが、無関係の仲間が巻き込まれていては、このまま見過ごすわけにもいかなかった。

しばらくして、地図上の印が止まった。

ここは山の麓だ。周囲には木々が生い茂っている。道が狭く、これ以上は進めそうにない。車を降り、目的地までは徒歩で向かうことにした。得物の日本刀を手に、足音を殺して先に進む。

たどり着いたのは、廃病院だった。

入り口のドアが取り外され、ぽっかりと穴が開いている。まるで自分を誘い込んでいるかのように思えてならない。

罠の可能性も高いだろう。馬場は気を引き締めた。警戒を怠らず、慎重に足を踏み入れる。

しばらく歩くと、開けた場所に出た。病院の受付だ。人の気配があった。中央の椅子に背広姿の男が座っている。

その男はゆっくりと立ち上がり、振り返った。

「はじめまして、兄さん」

5回裏

「――はじめまして、兄さん」

最初は信じられなかった。自分に腹違いの兄弟がいるなんて。

だが、こうして相対してみれば、認めざるを得なかった。この男が血の繋がった弟なのだと。言葉では言い表せないが、そう思わせるなにかを、この男の中に感じた。

黙り込む馬場に、相手が首を傾げる。「あれ？　リアクション薄いなぁ。もしかしてもう俺のこと知ってる？」

「嗣渋司」

名前を呼べば、男は「あー、先を越されたかぁ」と残念そうに返した。口調は違えど、まるで自分が喋っていると錯覚しそうなほど、よく似た声だった。

「野球中継観《み》て驚いたよ。父さんの若かりし頃によく似た人が映ってて。もしかしたらと思ってさ、優秀な部下に調べさせて、情報を集めたんだ」

嗣渋が視線を下げた。馬場の日本刀を一瞥し、嗤う。

「まさか、兄さんも殺し屋やってるとは思わなかった。やっぱ蛙《かえる》の子は蛙というか、血は争えないというか。俺たちはそういう星の下に生まれたんだろうね」

ここに乗り込んだのは、生き別れの兄弟と仲良くお喋りするためではない。馬場は本題を切り出した。

「剛田源造を殺したのは、あんたなん？」

単刀直入なその質問に、嗣渋は悪びれる様子もなく答えた。「使用者責任という意味では、そうなるかな」

要するに、この男が命令し、その部下が源造を手に掛けたということだ。

許せなかった。馬場は即座に刀を抜いた。殺すつもりだった。この男を。源造の仇を。

得物の切っ先は相手の服を掠《かす》めた。嗣渋はとっさに反応し、後ろに下がって攻撃をいなした。

「ちょっとずるくない？　丸腰の人間に、いきなり切りかかるなんて」

嗣渋が口を尖らせる。何とでも言えばいい。どんな手を使っても、この男を殺す。こいつを八つ裂きにでもしない限り、この怒りと憎しみは晴れそうになかった。馬場は再び刀を振り上げた。

次々と繰り出される攻撃を、相手は後退りながら避けていく。やがて、嗣渋の背中が背後の壁にぶつかった。逃げ場のない壁際に追い詰められた体を、すばやく真正面から突き刺す。心臓を狙って。

確実に仕留めた一太刀——のはずだった。

ところが、どういうわけか手応えがなかった。馬場の攻撃は空を切り、日本刀の切っ先は壁に突き刺さっている。

嗣渋が視界から消えた。

次の瞬間、

「なんだ、この程度か」

失望したような声が、馬場の頭上から降ってきた。

嗣渋は高く跳び上がって攻撃を躱《かわ》していた。刀の上に片足で着地すると、こちらが身構えるよりも先に、逆の足で顔面を蹴り上げた。

刀から手が離れ、馬場の体が床の上に転がる。嗣渋は体勢を立て直す暇を与えなかった。起き上がろうとしたところに相手の前蹴りが襲い掛かり、馬場は再びバランスを崩してしまった。

「やってみたかったんだよね、兄弟喧嘩《げんか》ってヤツ」薄ら笑いを浮かべた嗣渋が間合いを詰めてくる。「結構楽しいな」

馬場は歯を食いしばり、拳を振るった。相手の鳩尾《みぞおち》を狙う。だが、片手で簡単に受け止められてしまった。馬場の手首を摑んだまま、嗣渋は体を翻した。腕を捩《ね》じり上げ、馬場の体を壁に押し付ける。

身動きが取れない。馬場は激痛に顔をしかめた。少しでも力を加えられたら骨が折れてしまうだろう。どうにか抜け出そうと、後ろに向かって頭を振り上げた。頭突きを食らわせ、相手の力が緩んだ隙に拘束から逃げ出す。

「いったぁ」嗣渋は頭を摩《さす》りながら笑っている。「やるじゃん」

抵抗できたのはそれだけだった。嗣渋は再び距離を詰めると、的確に急所を狙ってきた。右手で鳩尾を殴り、馬場の体がくの字に折れたところで髪の毛を摑み、顔面に何度も膝蹴りを食らわせる。鼻の奥がつんと痛み、口の中に血の味が広がった。垂れてきた鼻血を手の甲で拭おうとしたが、できなかった。頭がふらつき、視界がぐらりと揺れ、馬場はその場に倒れた。

「くそ……っ」

圧倒的な力の差を思い知らされ、愕然となる。

どうやってもこの男には勝てないと、拳を交えて悟ってしまった。こちらの動きをすべて読まれている。戦意が萎《しぼ》んでいく自分に失望しながらも、馬場はどうにか自分を奮い立たせようとした。だが、体が言うことを聞かなかった。立ち上がることができない。今の自分にできることは、まるで手負いの獣のように、歯を剝き出して威嚇することだけ。

「まあまあ、落ち着いて」

壁に突き刺さったままの日本刀を引き抜き、嗣渋が近付いてきた。倒れている馬場の腹の上に腰を下ろし、両方の足で馬場の腕を踏みつける。

「上尾になにを吹き込まれたかは知らないけど、誤解してるって。俺は結構話のわかる男だよ」

身動きが取れない馬場の喉元に刀を突き付け、嗣渋が諭すような声で言う。

「俺は善治兄さんと争う気はない。ただ社長の座を譲ってほしいだけだ」

「やったら最初からそう言え」馬場は嗣渋を睨みつけ、語気を強めた。「おやっさんを殺す必要はなかったやろうが！」

すると、嗣渋は肩をすくめ、腰を上げた。

「それは悪かったよ。でもさ、俺だって、遊びでこんなことをしてるわけじゃないんだって」

馬場から離れた嗣渋は、今度は椅子の上に腰を下ろした。日本刀を軽く振りながら話を続ける。

「ある大口の顧客に依頼されたんだ。君たちを恨んでいる人物に。復讐のために苦しめろってね。だから、兄さんの仲間を殺さないといけなかった。ただ、それだけのことだ」

その言葉に、馬場の心に戸惑いが生じた。途端に憎しみのやり場がなくなってしまう。まただ、と思った。別所のときと同じ。この男は、ただの依頼で自分の大事な人を殺《あや》めただけ。自分に、それを非難する資格はない。所詮は同じ穴の狢《むじな》なのだから。

「他の仲間もそうするつもりだよ。どこに逃げようと、必ず見つけ出して全員始末する」

「やめろ！」

二人だけのしずかな空間に、叫び声が響き渡る。

「俺はどうなってもいいから、仲間だけは――」

「それは無理だよ。依頼なんだもん。兄さんだって、この業界で働いているんだからわかるでしょう？」

反論できなかった。この男の言い分は正しい。一度引き受けた依頼をそう簡単に放棄しては、信用問題に関わる。

「ただし」と、嗣渋は付け加えた。「仮に依頼が破棄されたら、兄さんたちを狙わずに済むだろうなあ。……たとえば、依頼人が死亡した、とかさ」

含みのある言い方だった。嗣渋は、依頼人がいなくなれば手を引いてやる、と仄《ほの》めかしている。

今の自分はそれに従うしかなかった。

「その依頼人は俺が殺す。だからもう、仲間には手を出すな」

どこの誰かはわからないが、必ず始末する。どんな手を使ってでも。

「その条件を呑むなら、あんたが社長の座を手に入れられるよう協力する」

すると、嗣渋は満足そうに微笑んだ。「よかったぁ、その言葉が聞きたかったんだよ。交渉成立だね」

今の時点でこの男に勝てる見込みは少ない。それは痛いほど思い知った。仮に嗣渋を殺せたとしても、依頼人は他の人間を雇い、また馬場たちを狙ってくるはずだ。いずれにせよ消す必要がある。だったら、ここで嗣渋と対立するのは得策ではないだろう。

もう二度と、仲間を失いたくない。

源造の顔が頭をちらつく。

仲間を守るためなら、いくらでも魂を売ってやる。たとえ相手が仲間の仇であっても。

「……ただ、ひとつ問題がある」と、馬場は切り出した。仲間を人質にしてこちらに脅しをかけているのは、嗣渋だけではなかった。

嗣渋は訳知り顔で頷いた。「弊社の上尾のことだね」

「俺が社長就任の話を蹴ったら、今度は上尾が動く」

上尾は、手段は選んでいられないと言っていた。こちらに会社を継ぐ意思がなく、さらに嗣渋と手を組んだと知れば、必ず仲間に危害を加えるはずだ。

「兄さんは会社を継ぎたくない、俺は会社を継ぎたい、上尾は兄さんに会社を継がせたい」

馬場は完全に板挟みの状況だった。嗣渋と上尾、どちらかの要求を吞めば、もう片方の要求を無下にすることになる。

「だとすると、道はひとつしかないよね。俺たちの望みを叶えた上で、上尾を黙らせる」

「上尾を消す、ってこと？」

「いやいや」嗣渋は笑って否定した。「上尾は社長派派閥の筆頭だから。消したからといって問題が解決するわけじゃない。手を出すと他の重役も出てくるだろうし、厄介だ」

「なら、どうすると」

「俺の社長就任を、上尾に認めてもらえばいい」

「それは無理やろ」

不可能な話だ。上尾は嗣渋に就任させないために動いているのだから。

だが、嗣渋には考えがあるようだ。

「無理じゃないよ」彼は目を細め、告げた。「君の仲間の力を借りれば、ね」


嗣渋は二つの計画を用意していた。

一つは、馬場善治と決裂した場合の計画。

もう一つは、馬場善治の協力を得られた場合の計画。

後者の計画を説明したところ、馬場善治は「なるほど」と唸《うな》った。

「たしかにその計画やったら、上尾を納得させられるやろうけど……ほんとにそんなことができると？」

「俺の能力を見くびってる？　任せといてよ。こういうのは得意なんだ」

腕時計を一瞥し、

「それじゃ、さっそく計画に取り掛かろう」嗣渋は指示を出した。「二時間後に、例の場所で待ってるよ」

立ち去る馬場を見送ったところで、嗣渋も廃病院を後にした。車の後部座席の下に仕掛けられたGPSを破棄してから、隠れ家へと向かう。

コテージに戻ると、小森が「おかえりなさいませ、社長」と出迎えた。脱いだコートを受け取りながら、

「いかがでしたか？　馬場善治は」

首尾を尋ねる部下に、嗣渋は歯を見せて笑った。「たいしたことなかったよ。あのレベルじゃ、会社は任せられないね」

正直なところ、もう少し戦えると思っていたが。期待外れだった。

「どうして前社長は、その程度の男である馬場善治に、会社を継がせようとしたんで

しょうか」

首を捻る小森に、嗣渋は苦笑した。「俺の母親より、馬場善治の母親を愛してるからだよ。別れてからもずっと忘れられなかったみたいだし」

自身の幼少期を思い返してみても、それは顕著だった。昔から冷え切った家庭だった。父と母は常になにかを言い争っていて、そのうち会話はなくなった。夫婦仲は最悪だった。

「愛する女の子どもだから、善治兄さんのことが可愛《かわい》いんだろうね」

自分は、愛していない女の息子。だから可愛くないのだろう。可愛がられた記憶がない。『お前はあの女狐《めぎつね》そっくりだ』と罵られたこともある。父はいつも自分に厳しかった。教育という名のもとに、虐待に近い扱いを受けてきた。それでも期待に応えようと努力してきた。この二十数年の間、ずっと。

だから、この会社だけは、誰にも渡すわけにはいかないのだ。

今までの自分の人生が、苦痛に耐え続けてきた日々が、何の意味もない無価値なものになってしまうから。

「……申し訳ございません、社長。立ち入ったことを訊いてしまいまして」

「気にしなくていい」

廊下の先にあるドアを開け、リビングに足を踏み入れる。寛《くつろ》いでいる泉と鯰田の姿があった。

「交渉成立」嗣渋は部下たちに報告した。「善治兄さんが、こちらの要求を呑んでくれたよ」

泉が「案外楽勝でしたね」と声を弾ませる。

「では、ここからはプランBで行く、ということで」パソコンのキーボードを叩きながら鯰田が言う。

「そうだね」嗣渋は頷いた。「このコテージにはもう戻らないから、みんな荷物まとめといて。準備が済んだら出るよ。そろそろ会社に居場所がバレる頃だろうし」

「承知しました」

これから最終局面に向けて、いろいろと仕込みが必要になる。

「それじゃあ、しばらく解散ね。一週間後に集合しよう」嗣渋は部下たちに声をかけた。「忙しくなるぞぉ」

6回表

源造の遺体が警察から戻ってきたのは、事件の一週間後のことだった。

あれから一週間も経《た》ったのか、と林は思った。まるで昨日のことのようだ。時間が経っても仲間を失った痛みは癒えることなく、心に深い傷を刻みつけたままだ。

葬式は佐伯の知り合いの葬儀場が執り行ってくれることになった。黒のワンピースに着替え、準備をしている間、林は源造のことを考えていた。仕事では世話になったよな。エラーが多くて怒られたこともあったっけ。あのラーメンをもう食べられなくなるのか。様々な思いが押し寄せてきて、目頭を指で押さえた。

事務所の奥で物音がした。シャワーを浴びていた馬場が出てきたようだ。無言のまま喪服に着替え、黒いネクタイを締めている。

そろそろ出発の時間だ。

「馬場、準備できたか？」

声をかけると、

「数珠がないっちゃけど」と、馬場はデスク回りを漁りながら答えた。「どこに仕舞ったっけ……」

「ここだよ」棚の引き出しの中から黒色の数珠を取り出し、手渡す。「ほら」

支度が済んだところで、二人は事務所を出た。赤い車に無言で乗り込む。シートベルトを締めながら、林は眉をひそめた。この男の隣に座るのはいつものことなのに、なぜか居心地の悪さが拭えなかった。

ここ最近、馬場の様子がおかしい。

当然だろうとは思う。大事な仲間が死んだのだから。あれからまだ一週間しか経っていない。馬場だって、心の傷は癒えないはずだ。

源造の事件以降、馬場の口数は極端に減った。態度がどこか余所余所《よそよそ》しく、時折思い詰めたような暗い表情を浮かべていることも気がかりだった。家を空けることも多くなり、朝になっても帰ってこない日もあった。

隠し事をしている気がしてならない。なにか重大なことを、一人で背負い込んでいるのではないかと。心配だった。この男は、肝心なことを話さない節があるから。

「……なあ、馬場」

「ん？」

「何かあったら、すぐ言えよ」

前を向いたまま、馬場は小さく笑うだけだった。


葬儀場にはすでに喪服姿の豚骨ナインが集まっていた。源造の遺影を見つめながらジローが涙を流している。「今でも信じられないわ、あの人が死んじゃったなんて」

「そんな顔したら、源さんが悲しむぞ」その肩を叩き、マルティネスが言う。「笑顔で見送ってやろうぜ」

「……ええ、そうね」

そろそろ式が始まる時間だ。

そのときだった。葬儀場のスタッフが、不意に「あの」と声をかけてきた。

「入り口に、これが落ちていました」

香典袋だ。

差出人はわからない。馬場が受け取り、中身を確認する。

「なん、これ……」

それを見て、馬場は絶句していた。

横から覗き込み、林もすぐに確認した。中には一枚の写真が入っていた。源造が殺された瞬間の、血塗れの姿が写されている。この瞬間を撮影できるのは、警察か、手を下した人間くらいだろう。

これは、犯人からのメッセージだ。そうとしか考えられない。

「くそ！　悪趣味なことしやがって！」

林の怒鳴り声が館内に響き渡る。

許せなかった。葬儀の前にこんなものを送り付けてくるなんて。こんな嫌がらせをして、いったいどういうつもりなのか。腸《はらわた》が煮えくり返る思いだった。

「ふざけやがって、ぶっ殺してやる……っ！」

どんなに声を荒らげても、憤りが収まらない。それは馬場も同じようだ。怒りに任せて、彼はその香典袋を破り捨てようとした。

「やめろ、大事な証拠品だ」重松が止めに入った。「落ち着け、馬場」

「落ち着いていられるわけないやろ！」

馬場が怒鳴った。

重松に香典袋を押し付けると、無言のまま踵を返し、葬儀場を飛び出していった。

「おい、馬場！」

林は走り、後を追いかけた。

「待てよ！」

馬場は駐車場へと向かっている。これから葬儀が始まるというのに、どういうつもりなのか。

「おい、待てって！」

どんなに呼びかけても、馬場は足を止めることなく、

「もう、誰にも手出しはさせん」こちらに背を向けたまま告げた。「あとは頼んだばい、林ちゃん」

愛車に乗り込み、そのまま走り去ってしまった。

その様子を、林はただ呆然《ぼうぜん》と見つめることしかできなかった。

足が動かなかった。

まるで、あの男がこのままどこかへ消えてしまうような、そんな予感がして。

6回裏

霊園の駐車場に車を停め、義父の元へと向かう。たどり着いた墓石の前にしゃがみ込み、馬場は「手ぶらでごめんね」と声をかけた。一升瓶のひとつくらい持ってこいと叱られるだろうが、今回だけは許してもらいたいところだ。いろいろゴタついとって、と言い訳を付け加えてから、

「……父さん、ごめん」馬場は謝罪の言葉を告げた。「もしかしたら、いい報告はできんかもしれん」

もうすぐ終わる。今度こそ決着をつけられる。父の仇と。過去の因縁と。そう思っていた。

だが、状況は思わしくない。仲間を人質に取られている以上、敵に逆らうわけにはいかなかった。

「俺が、父さんの仇討ちより仲間の命を優先しても、許してくれるかいな」

答えのわかりきった質問を、無言の墓石に向かって投げかける。心の中の罪悪感を払拭したいだけの無意味な行為だということは、自分でも理解していた。

両手を合わせようとしたところで、不意にハイヒールの音が聞こえてきた。

振り返れば、よく知る女性が立っていた。

小百合《さゆり》だ。

「前にもこんなことがあったね」

手を合わせたまま、馬場は呟くように言った。

あれはいつ頃だったか。前に会ったときよりも、小百合の髪が少しだけ伸びたように感じる。

あの日は雨だったが、今日は雪が降っている。白い息を吐きながら小百合が声をかけてきた。「どうしたの、月命日でもないのに」

「ちょっとね」

馬場は曖昧に答えた。

「父さんの顔が見たくなって」

この計画の行く末次第では、もう二度とここに来ることは叶わないかもしれない。だからここに来た。

小百合は「そう」とだけ答えた。それ以上はなにも詮索しなかった。

「……ねえ、小百合さん」

「なに？」

馬場は腰を上げた。真っ直ぐに小百合を見据え、告げる。「もし、俺の身に何かあったときは……俺の仲間の助けになってやってくれん？」

こんなことを頼むべきではないとわかっている。これ以上、他の人間を巻き込むわけにはいかない。だが、どうしても仲間のことが心配だった。

これは、彼女にしか頼めないことだった。

しばらく無言が続き、

「考えておくわ」

と、小百合は返した。

「師匠にも、よろしく伝えとって」

「それは自分で言いなさい」

「もう来るなって言われたっちゃん」

馬場は苦笑し、

「じゃあ、行ってくる」

小百合に背を向けた。

一歩踏み出したところで、

「――善治」

不意に呼び止められた。

「無茶はしないで」

小百合の言葉に、馬場は黙って右手を上げた。


出戻り早々、社内監査部に呼び出された。

面倒なことになったが、やってしまったものは仕方ない。緩めていたネクタイを締め直して面談室に入ると、怖い顔をした社員が待ち構えていた。

向かい側の席に腰を下ろした猿渡に、棘《とげ》のある声色で問い質す。「二名の社員を病院送りにしたとのことですが、間違いありませんか？」

事実だ。

あの日、喧嘩を売ってきた先輩社員をボッコボコの返り討ちにしてやった。いろんなことで積み重なっていた鬱憤を晴らすことができ、爽快感に浸っていた猿渡だったが、上司にはこっぴどく叱られた。これが組織か、面倒くせえな、と久々に柵《しがらみ》の存在を痛感していたところ、監査部からの呼び出しを食らってしまった、という次第だ。

「まあ、結果的には、そういうことになりますかね」

適当な言葉を返すと、監査部の男はため息をついた。「一人は全身打撲、もう一人はあばらの骨を折る重傷です。どうしてこんなことをしたんです？」

「いや、どうしてっち……あいつらから手ぇ出してきたんやけど」

自分は悪くない。元はといえばあの二人がこちらを挑発してきたのだ。事の経緯を事細かに説明したが、相手の眉間の皺《しわ》は消えなかった。

「処分は追ってお伝えします」

という一言で、男は面談を締めた。

退室し、自分のオフィスへと向かいながら、猿渡は考えた。処分っちどうなるんやろうな。休職なら別に構わんけど、減給は嫌やな。さすがに退職にはならないだろうが、グエンの顔を潰すわけにもいかないので、処分は甘んじて受け入れなければならない。

エレベーターに乗り込み、二階のボタンを押す。

降下していく途中、籠が五階で止まり、男が二人乗り込んできた。小声でコソコソと噂話をしている。

「なあ、聞いたか？　次の社長が決まったって」

「おい、マジかよ。やっぱ副社長か？」

「それが、副社長じゃなくて、社長の隠し子らしいぜ」

「それヤバいんじゃね？　副社長が黙ってないだろ」

どうでもいい話だった。猿渡は心の中で舌打ちした。こんなクソ会社、誰が継ごうが、自分には関係ない。

二階に到着し、自身のデスクに戻る。パソコンを立ち上げると、グエンから社内メールが届いていた。『仕事はどうだ？　慣れたか？』とある。

『クソつまらん。はよ異動させろちゃ』

文字をタイプし、メールを送信する。

毎日雑務ばかりだ。なんで俺がこんな仕事を。机の上に積まれた大量の紙の山に悪態をつきながら、猿渡はシュレッダーの元へと向かった。

馬場善治から連絡があった。会社を相続する決心がついたようだ。上尾はひとまず安堵した。これであの副社長を会社から追い出せる、と。

さっそく新社長を車で迎えに行き、諸々《もろもろ》の手続きを済ませた。社員証の発行や生体認証の登録など、必要な段取りをすべて片付けたところで、社長室に案内する。

「午前中に山崎《やまざき》運輸から備品が届く予定でしたが、ガサ入れを警戒して明後日《あさって》に変更になりました。午後三時から、各支部長とのリモート会議の予定です。夜の八時からは兽王《ショウワン》の幹部と会食、明日は裏カジノの視察です」

スケジュールを説明すると、馬場はうんざりした表情を見せた。「……社長って大変なんやね」

「そして、明後日がいよいよ役員会議です。そこで役員の過半数の賛成票を得られれば、正式に社長就任となります」

今現在、社長派が大多数を占めている。役員の承認を得ることは確実だ。嗣渋司が邪魔さえしなければ。

そのときだった。ノックが聞こえた。

現れたのは、グエンだった。中に招き入れ、馬場に紹介する。「社長、こちらは人事部長のグエンです」

グエンが頭を下げ、

「ご提案がございます」

と、話を切り出した。

「提案？」

「はい。副社長はまだ会社を諦めていないと思われます。念のため、社長に護衛をつけるというのはいかがでしょうか？」

その提案には、上尾も賛成だった。馬場も「なるほど」と頷いている。

グエンが話を続ける。

「私の方で、優秀な社員を何名か選んでおきました」

と、社長のデスクに紙を並べていく。五名の社員の資料だ。顔写真に加えて経歴や業績などの情報が事細かに記されている。

グエンの人選は納得のものだった。過去に海外の傭兵部隊での従軍経験がある者や警視庁警備部所属の元ＳＰ、格闘技の元チャンピオン、加えてマーダー・インク勤続年数三十年の大ベテラン社員も名を連ねている。我が社の中でも選《え》りすぐりの精鋭ばかりである。

ところが、

「この男がよか」

と、馬場が指差したのは、その中の誰でもなかった。

五人目の男を指名した馬場に、

「お目が高いですね、社長。その男は私の一押しです。腕は良いですよ」グエンは笑顔で頷いた。「態度は悪いですが」


「――それでは、明日社長室へ来るよう、彼に伝えておきます」

新社長に頭を下げ、グエンは部屋を出た。

社長室からエレベーターへと続く廊下を進んでいると、隣の上尾が口を開いた。

「護衛の件、悪くない案だ」

「用心するに越したことはないですからね」

グエンは頷いた。副社長がどんな手を使ってくるかわからない。守りを固めておいて損はないだろう。

「馬場善治も腕のいい殺し屋だとは聞いていますが、なんせ相手があの副社長ですし」

それにしても、驚いた。榎田の紹介でマーダー・インクに入ってきた男がまさか社長の隠し子で、この会社の正当な後継者だったとは。偶然にしては出来すぎている。おそらく馬場善治は、自身のルーツを探る目的で、この会社に潜入しようとしていたのだろう。

あの嗣渋昇征の長男というのはいったいどんな人物なのだろうかと、社長室に入る前は少しだけ緊張を覚えたが、馬場善治は意外と普通の男だった。どこにでもいる、ごく一般的な、何の害もなさそうな優男。

ただ、引っ掛かることがある。

「妙だと思いません？」

グエンは口を開いた。

「なにがだ？」

「馬場善治が従順すぎることが、ですよ」

声を落とし、グエンは内緒話を続けた。

「あの男には会社を継ぐ気はなかった。それどころか、因縁のある嗣渋社長を恨んでいた。なのに、こちらの要求をこんなにも簡単に呑みますかね」

「たしかにな」

上尾が頷く。エレベーターに乗り込み、首を捻った。

馬場善治には、育ての親を嗣渋社長に殺された過去がある。憎い会社に勤め、身を粉にして働く理由はひとつもない。いくら仲間を人質に取られているとはいえ、ここまで素直だと逆に気味の悪さを覚えてしまうものだ。

「信用ならない。なにか裏があるのでは？」

ただの勘に過ぎないが、奴はなにか企《たくら》んでいる。そんな気がした。杞憂《きゆう》で済めばいいのだが。

グエンの言葉に、

「そうだな」上尾も同意した。「念のため、探ってみてくれるか？」

7 回表

一晩経っても馬場は帰ってこなかった。

いったいどこに行ってしまったのだろうか。葬儀場を飛び出したときの、あの思い詰めたような顔が気がかりだが、今の林にはただ連絡を待つことしかできなかった。

事務所に残された日本刀とにわか面が目に留まった。それらを手に取り、心の中で呟く。お前らも置いてかれたのか、と。

不意に音が聞こえてきた。ソファの上でスマートフォンが鳴っている。着信のようだ。馬場からかもしれない。そう思って飛びついたが、違った。

画面を確認すると、重松の名前が表示されていた。

「もしもし、重松か？　どうした」

応答すると、重松は挨拶もなく本題に入った。

『例の香典の分析が終わったぞ』

源造の葬儀に届けられたあの悪趣味な香典袋は、重松が署に持ち帰り、分析を手配していた。

『三人分の指紋が付着していた』

あのとき、香典袋に触れたのは三人だけだ。葬儀場のスタッフと、それを受け取った馬場。それから、馬場から取り上げた重松。他のメンバーは触っていない。

葬儀場のスタッフは白い手袋をしていたので、指紋は残っていないはず。つまり、三人分の指紋のうちの二つは、馬場と重松のものだと考えられる。

「馬場と、お前と……あと、誰だ？　悪戯の張本人か？」

『前科者のリストと照合したら、ヒットした。どうやら、五年前に軽犯罪で逮捕されてる男の指紋らしい』

「そいつの情報を送ってくれ」

どこまで関わっているかはわからないが、その男が源造の事件に繋がる情報を握っていることは確かだろう。

あとは頼んだ、と馬場は言っていた。自分は仲間を託されている。他のメンバーを守るためにも、自分が動かなければ。

林は電話を切り、事務所を飛び出した。

地下室での生活にもすっかり慣れてしまったところだが、ひとつ問題が発生した。

食料と水が底をつき、鎮痛剤も切らしてしまったのだ。

「ねえ、誰かぁ」

榎田は部屋を見渡しながら呼びかけた。スピーカーからの返事はない。

「おーい、聞こえてる?」

監視カメラに向かって手を振ってみた。だが、やはり反応はない。

源造のあの一件以降、嗣渋からは何の指示もなかった。ネットの回線も急に繋がらなくなり、やがて端末の充電も切れ、ノートパソコンはただの鉄の箱と化している。

嫌な予感が過った。

「まさか……ボク、置き去りにされた……?」

そうとしか考えられない。

おそらく、自分はもう用済みなのだろう。このままここに捨て置き、餓死させるつもりなのかもしれない。

今までこの部屋で何不自由なく過ごせていたのは、それなりのもてなしがあったからだ。食料も寝床も、水も電気もあった。まずいな、と榎田は呟いた。さすがに悠長にしてはいられない。どうにか脱出を試みたいところだが、ここは地下室で、窓がない。出入り口はひとつしかない。

鈍い痛みを堪《こら》え、足を引きずりながら階段を上る。その先の天井にある、外へと繋がる唯一の扉は、やはり今もかたく閉ざされていた。鍵を掛けられているのか、上から重い物で塞がれているのか。自分の細腕ではびくともしなかった。

「……あー、これダメかもなぁ」

自力で脱出するのは不可能。こうなったら、外からの助けを待つしかないだろう。仲間の誰かが見つけてくれることを信じて。それまでは極力じっとして、体力の消耗を避けるしかないか。

途方に暮れながらベッドに横たわったところ、不意に扉が音を立てた。開いた隙間から光が差し込んでくる。

神様に感謝したい気分だった。仲間が助けにきてくれたのかと思ったが、どうやら違うようだ。

「——誰だ」

警戒した声とともに男が階段を降りてきた。拳銃を構え、こちらに銃口を向ける。

「あっ！」

「あ？」

榎田が叫んだ瞬間、相手も同時に声をあげた。

お互いの顔を確認し、目を見開く。

そこにいたのは、知り合いだった。グエンだ。

なにをしに来たのかはさて置き、ひとまず餓死は免れたようだ。榎田は「助かったぁ」と息を吐いた。

「……榎田か？」グエンは目を丸くしている。首を捻りながら銃を下ろした。「なんでお前がここにいるんだ」

「説明するから、ちょっと肩借りていい？」

「は？」

「歩きにくいんだよ、足の指折られちゃって」

グエンに支えられながら階段を上り、榎田は地下室を抜け出した。

辺りを見回し、状況を確認する。どうやら自分が監禁されていたのは、どこかの別荘の地下室だったらしい。コテージのリビングに移動し、暖炉の前のカウチに腰を下ろす。

「それで、なにがあったんだ？」

グエンに問われ、榎田は口を尖らせた。「御社の副社長に監禁された」

「副社長って、嗣渋司か？」

「そう」

「なんで副社長が、お前を？」

「誰かの依頼みたい。ボクたちへの復讐を引き受けたって言ってた。だからこうして嫌がらせされてる」榎田は事情を説明した。「だけど、もう用済みになったんだろうね」

「それで、地下室に放置されてたのか」

「そういうこと」頷き、榎田は尋ねた。「そういうキミは、どうしてここに？」

「その副社長がなにを企んでるか、調べにきたんだよ。レンタカー会社に問い合わせて、カーナビの情報からこの場所を突き止めたんだが」

「なるほど」

おそらくグエンがここにたどり着くことを見越して、嗣渋たちは姿を晦ませたのだろう。榎田を残して。突然いなくなった理由がわかった。「なんだか忙しそうだね」

「明日、新しい社長が就任するからな」

「どっち？　嗣渋？　馬場さん？」

「馬場」

「本当に社長になるんだ。笑える」

潜入調査のためにマーダー・インクの中途採用面接を受けていた馬場が、まさか社員をすっ飛ばして社長になってしまうとは。

「でも、嗣渋が許さないでしょ？」

「だろうな。だからこうして調べにきた」

「敵の敵は味方だからさ、ここは協力し合おうよ」

榎田の提案に、グエンは承諾した。「だな」

今は互いの情報を出し合い、共通の敵について分析するのが得策だろう。冷蔵庫の中からミネラルウォーターのペットボトルを取り出し、榎田に手渡すと、

「副社長とは話したか？」

と、グエンが尋ねた。

「まあね。自分の生い立ちとか、会社の経営理念とか、いろいろ語ってた。意外とフレンドリーでお喋りな人だったな。『自分が会社を継げないのはおかしい』って主張

してたよ」

「他には？」

「そうだねえ……」記憶をたどり、答える。「ボクたちをどうする気なんだって訊いたら、それは馬場さん次第だって言ってた」

「嗣渋は馬場善治に接触するつもりかもしれないな」

「すでに接触済みかも。馬場さんの様子はどう？」

「文句も言わずお飾り社長やってるよ。それもそれで気味が悪いが」

「たしかにね」

このアジトはすでにもぬけの殻。書類を破棄したようで、暖炉の中には紙の燃えカスが残っていた。部屋を漁りながら、「さすがに証拠は残してないか」とグエンがため息をついた。

「待って」暖炉を覗き込み、榎田は声をあげた。「奥になにかある」

火かき棒を使って手繰り寄せてみれば、灰の中から紙が出てきた。

「何だそれ、名刺か？」

くしゃくしゃになった塊を広げてみる。厚みのある小さな紙だった。まるで虫食いのように所々焦げている。

燃えずに残った部分の文字を拾うと、『形クリニック』『岡市中央区』『1-13』と書いてあることが、辛《かろ》うじて読み取れた。

「調べてみるか」

グエンは携帯端末を取り出した。キーワードを入力し、検索する。

そして、最初に出てきた言葉を読み上げた。「たぶん、これだな――佐伯美容整形クリニック」


警察の前科者データベースから得られた情報によると、指紋の主の名前は吉原透《よしはらとおる》。二十九歳の男だった。逮捕時の住所は東京となっていたが、一か月ほど前に住民票が移されている。移転先の住所は福岡市中央区だ。

重松から送られてきた情報を頼りに、林は男の家へと向かった。アパートを見張りながら、ふと思う。張り込みにも慣れたものだな、と。最初の頃はじっとしているのが苦痛で仕方なかったが、今はこの寒空の下でも我慢できる。探偵の仕事がすっかり板についていた。

数時間後、部屋の中から男が出てきた。顔写真と見比べても本人で間違いなさそうだ。

さて、ここからどうするか。

選択肢は二つ。一つは部屋に忍び込み、手掛かりを探る。もう一つは男を尾行して拉致し、本人の口から直接情報を吐かせる。

なるべく穏便に済ませたいところだが、悠長に調査している暇もない。まあ、普通に考えて後者だな。今は緊急事態だし、多少の荒事は致し方ないだろう。そう自分に言い聞かせながら、林は男の尾行を開始した。

そのときだった。電話がかかってきた。服のポケットの中で端末が振動している。発信者を確認し、林は目を見開いた。

馬場からだった。

林はすぐに電話に出た。歩きながら、尾行の対象者に気付かれないよう、小声で応答する。「馬場、お前、今どこにいるんだよ……っ！」

こちらの切羽詰まった態度とは対照的に、馬場の声は明るい。『ごめんごめん』と笑っている。思いのほか元気そうなその声色に、林は少しだけ安堵した。

『心配せんで、俺なら大丈夫やけん』

そうは言われても、心配せずにはいられない。いったい今どこでなにをしているのか。「説明しろ」と問い詰めたが、馬場は答えてはくれなかった。

『詳しいことは話せんっちゃけど、俺のせいで、ラーメンズのみんなが狙われとるっちゃん』

どういうことだ。誰が。どうして。何のために――訊きたいことは山ほどある。だが、こちらが質問を返すよりも先に、馬場が口を開いた。

『リンちゃん、お願い。……チームのみんなを、守ってやって』

絞り出すような声色で告げられたその一言に、林はなにも言い返せなくなってしまった。

馬場は怖《おそ》れているのだろう。再び大事な仲間を失ってしまうことを。何の説明もなくとも、その想いだけは、嫌というほど伝わってきた。

「わかってる。もう誰も死なせねえ」

林は頷き、強い口調で返した。

自分だって、二度とあんな思いはしたくない。源造の遺体を見つけたときの記憶が頭を過り、林は舌打ちをこぼした。

「帰ってきたら、ちゃんと全部話せよ」

どこにいるかわからない。なにをしようとしているのかも。それでも、自分はただ信じるしかない。彼が必ず家に帰ってきて、すべてを打ち明けてくれることを。今は『約束する』と答えた馬場を信じようと、心に決める。

『あ、ごめん。人が来たけん、切るね』

通話はそこで切れてしまった。

今は目の前のことに集中しなくては。これ以上、誰かを――仲間を死なせないためにも。頭を切り替え、尾行中の男の背中を見据える。

標的は細い路地に入った。ここなら人目につかないだろう。林は足音を殺して走り出し、一気に距離を詰めた。背後から飛びつくようにして奇襲をかけると、相手の首に腕を回した。男は驚き、悲鳴をあげた。

「吉原だな？」

「な、なんだ、お前――」

「ちょっと眠ってもらうぜ」

首を絞め、気絶させる。

倒れた男の体を引きずるようにして目立たない場所に移動させると、林は仲間に電話をかけた。「もしもし、マルか？　仕事を頼みたい。今から言う場所に来てくれ」

7回裏

「──猿渡君、ちょっといいかな」

職場に出勤して早々、直属の上司に呼び出されてしまった。監査部の面談もあったばかりだし、例の処分についての話かもしれない。

上司のデスクに向かい、

「なんすか」

と、猿渡はぶっきらぼうに尋ねた。

上司の表情は冴《さ》えない。重苦しい声で尋ねる。「……君、今度はなにをやらかしたの？」

「あ？」

いったい何のことだろうか。猿渡は眉間に皺を寄せた。今度は、とはどういう意味だ。

きょとんとしている猿渡に、

「あの二人を病院送りにした以外に、なにをやらかした？」

と、上司が詰問する。

そうは言われても、まったく心当たりがない。「別に、なんも」

「本当に？」

「本当に」

すると、上司は深いため息をついた。「とにかく、今すぐ、最上階に行って」

「最上階？」

「社長がお呼びなんだよ、君を」

いや、なんでやって。

猿渡は首を捻った。

どうしてこの会社のトップが、一介の社員である自分を呼びつけるんだ。意味がわからない。

釈然としないまま、猿渡はエレベーターに乗り、十四階のボタンを押した。

まさか、上司の言う通り、俺は知らないところでなにか重大なやらかしをしていたのだろうか。社長の呼び出しを食らうほどの。

だとしたら、今回は確実にクビが飛ぶやろうな。

また無職に逆戻りか。こんなことなら、最初から我慢して会社勤めなんかしなければよかった。

などと考えているうちに目的のフロアに到着し、左右のドアが開いた。廊下の先に社長室の扉が見える。

乱雑にノックをしてから、

「あのー、猿渡っすけど。なんかわからんけど、呼ばれたんすけど」

声をかけると、扉のロックが解除された。ドアを開け、中に足を踏み入れる。

猿渡は辺りを見回した。さすがは社長室だな、と思った。内装も家具も高級感がある。うちの部署の埃《ほこり》っぽいオフィスとは大違いだ。

部屋の奥に社長のデスクがある。そこにスーツ姿の男が座っている。電話をしている最中のようだ。「あ、ごめん。人が来たけん、切るね」

博多弁が聞こえてきた。

男が通話を切った。椅子がくるりと回転し、こちらを振り返った。

「……は？」

いや、まさか、そんなはずは。

そこにいたのは、自分がよく知る人物だった。

猿渡は目を剝いた。

「な、なんで貴様が、ここに――」


幸いなことに、佐伯美容整形クリニックの院長は榎田の知人だという。共同戦線を張ることになった情報屋の男を車に乗せ、グエンは福岡市内へと戻った。

診察時間外だったが、院長は中にいた。榎田の姿を見るや否や、「榎田くん、無事だったんですか」と院長の佐伯は喜色を浮かべた。

「うん、なんとかね」

「連絡が取れないと聞いて心配してましたが……本当によかったです」

「ボクの足を診てほしいんだけど、その前に訊きたいことがあってさ」

院長室に案内されたところで、榎田が話を切り出し、グエンに目配せをした。

グエンは頷き、院長に質問を投げかけた。「最近、嗣渋という男――もしくは彼の部下がこちらに来ませんでしたか？」

すると、佐伯はあっさりと頷いた。

「ええ、来ましたよ。嗣渋司という男性が」

やはりここに来たのか。読みは当たっていたようだ。

「嗣渋一人だった？」

榎田が尋ねると、

「いえ、二人です」

佐伯は首を振った。

部下を連れてきたのかと思ったが、嗣渋の同行者は意外な人物だった。

「馬場さんと一緒でしたよ」

「……馬場善治と？」

いったいどういうことだ。グエンは眉をひそめた。

馬場と嗣渋は敵対関係だ。榎田の話では、嗣渋の率いるチームによって、馬場は仲間を一人殺されている。おそらく嗣渋の命令で、泉や小森あたりが動いたのだろう。そんな相手に、馬場はどうして大事な仲間を引き合わせたのだろうか。

嫌な予感がする。グエンは質問を続けた。「どういった用件で？」

「施術です」

「つまり、整形したと？」

「はい。嗣渋さんが」

佐伯は院長室のパソコンを操作し、その画面をこちらに見せた。画像が表示されている。男の顔の写真――正面と左右から撮影されたものだ。

これが嗣渋司の顔か。

「ホクロの除去と二重整形、それから、顎と唇にヒアルロン酸注入を」

答え、佐伯がマウスをクリックする。その瞬間、画面は術後の写真に変わった。

グエンは目を剝いた。

そこに映っていたのは、馬場善治と瓜二つの顔だった。

「見分けがつかないくらい、そっくりに整形してほしい、というご要望でした」術後の写真を眺めながら佐伯が告げた。

「……くそ、やられた」グエンは思わず舌打ちをこぼした。「それが狙いか」

すぐに気付いた。奴の――いや、奴らの計画に。

「なるほどな、道理で馬場が従順なわけだ」

敵はすでに罠を仕掛けている。すぐに手を打たなければ、取り返しのつかないことになるだろう。グエンは端末を取り出すと、上司に電話をかけた。

上尾はすぐに出た。『どうした、なにかわかったか』

「あの二人――嗣渋と馬場が手を組んだようです」

『……どういうことだ？』

「嗣渋は、馬場善治になり替わるつもりです。そのために顔を変えてる」

グエンの報告に、上尾は驚いた声をあげた。『整形か』

先に馬場が会社を継ぐ意思を見せ、後から嗣渋と入れ替わる。嗣渋は馬場としての人生を歩み、会社を手に入れる。諜報や潜入を得意とする嗣渋司にとってみれば、他人に――いや、血縁者である腹違いの兄になりすますことなど容易《たやす》いはずだ。

危うく騙《だま》されるところだった。

「馬場のふりをして、役員会議に出席するつもりかもしれません。気をつけてください」


嗣渋は窓の外を眺めていた。ホテルの三十階にあるスイートルーム。ここからの展望は絶景だ。隣にはドーム球場が、奥には博多湾が見える。福岡タワーの方向を指差しながら、「あそこにある黒いビル、うちの会社かなぁ」と、嗣渋は呟くように言った。

「タワーと比べると、さすがに小さく見えるっすね」

泉の言葉に嗣渋も頷く。「だよね、十四階までだし。でもまあ、大きければいいってものじゃないしねえ」

そのとき、

「――嗣渋社長」

と、ノートパソコンを操作していた鯰田が声をかけてきた。

「どうしたの？」

ヘッドフォンを片耳に当てたまま、鯰田が答える。「グエンから上尾に連絡が入りました。すべてバレたようです」

あの会社の至る所に盗聴器を仕掛けてある。その中のひとつが敵側の会話を拾ったようだ。

『俺の社長就任を、上尾に認めてもらえばいい』

あの日――腹違いの兄である馬場善治と初めて対峙したあの夜、嗣渋はそう宣言した。

馬場はそれは無理だと否定したが、嗣渋には考えがあった。鯰田の調べで、馬場の仲間に腕の良い美容外科医がいることは知っていた。自分が顔を変えて馬場になりすまし、会社を継げばいい。そうすれば、上尾を納得させたまま、お互いの希望を両立させることができる。――これは作戦の一部に過ぎないが。

コテージで部下と解散した後、嗣渋は再び馬場と落ち合い、佐伯のクリニックを訪れた。そして、そこで施術を受けた。

手術の結果には満足している。馬場善治と瓜二つの顔になれた。兄弟というより、まるで一卵性の双子のようだ。

窓ガラスに映る自分の顔を見つめながら、

「まだ自分の顔に慣れないよ」嗣渋は苦笑した。「元の顔も気に入ってたんだけどなあ。どっちかっていうと、前の方が男前だったと思わない？」

誰も答えなかった。

嗣渋は「ちょっと、なにか言ってよ」と口を尖らせた。

「それにしても」泉が話題を変えた。「思ったより早かったっすね、バレるの」

「ヒント残してあげてたから」

整形して入れ替わるだけではない。それを、社長派の人間に気付かせるところまでが、計画だった。

「明日の役員会議が楽しみだ」

嗣渋は目を細めた。


「——は？　お前が、社長っち？　何なんそれ、どういうことかちゃ」

猿渡は混乱していた。

目の前にいるのは、あの間抜け面だ。馬場善治。にわか侍。ライバルチームのセカンドの男。

信じられなかった。こんな場所で再会するなんて。だが、目の前にいるのは間違いなく馬場本人である。ビジネススーツ姿で、髪の毛をきちんと整えて、いつもよりちゃんとした格好をしてはいるが、あの憎たらしい顔は変わらない。

呆気に取られていると、

「あんたに話がある、こっち来て」

馬場が腰を上げ、手招きした。奥の小部屋へと猿渡を連れて行く。

ここは完全に通信を遮断された空間で、誰にも聞かれたくない話をするにはもってこいの場所だと、馬場は説明した。部屋の中には二対の革張りのソファと大理石のローテーブルがある。壁はまるで防音室のようにでこぼこで、いかにも密談用の部屋といった雰囲気だった。

向かい合って座ったところで、

「実は俺、この会社の社長になる予定なっちゃん」

と、馬場が切り出した。

改めて言われても、まったく理解できない。

「簡単に説明すれば、マーダー・インクの前社長が俺の父親やったってことなんやけど」

「……ってことは、社長の隠し子っちいうのは、お前のことやったんか」

「あ、知っとった？」

「まあ、会社で噂になっとったけ」

いつだったか、社員が話しているのを耳にしたことがある。社長の隠し子である長男が見つかって、その男が会社を継ぐことになった、と。

馬場は「ただ、いろいろ問題があってね」と苦笑する。

「派閥、っちヤツか？」

それも前々から聞いていた。跡継ぎ問題で会社が揉《も》めていると、グエンから散々愚痴を聞かされている。

馬場は頷いた。

「俺はこんな会社継ぎたくないっちゃけど、社長の遺言やったみたいでね」

それから彼は一部始終を説明した。冗談抜きで戦争が起きかねない事態だという、この会社の現状を知らされる。会社を継ぎたい副社長と、馬場に継がせたい社長派の人間とが水面下で争い、両者が馬場に脅しをかけているらしい。馬場は仲間の命を人質に取られ、会社を継げば副社長サイドに殺され、会社を継がなければ社長サイドに殺される。完全に板挟みの状態だ。

「やけん、副社長と取引したとよ。俺はどうなってもいいけど、仲間が心配やったけんね」

副社長の嗣渋は整形し、今は馬場そっくりの顔になっているという。彼らの計画では、これから嗣渋が馬場として会社を相続する予定らしいが。

要するに、この男は馬場善治としての人生を捨てることになる。

「それで敵の言いなりに？　相当腑抜《ふぬ》けやがったな、お前」猿渡は鼻で嗤った。「福岡最強の殺し屋っちプライドはないんか」

「仲間を守るためなら、プライドなんかどうでもよか」

馬場は真っ直ぐな瞳で答えた。迷いのない口調だった。少し口元を緩め、「あんたの相棒だって、そうやったろ？」と付け加えた。

その一言に、猿渡は顔をしかめた。嫌なことを思い出してしまう。あの夜の光景。馬場に向かって頭を下げる男の姿が頭を過り、舌打ちする。

「……で、俺に何の用かちゃ」

猿渡は話を変えた。

「ボディガードとして、あんたの力を貸してほしい」

「それ、社長命令なん？」

「嫌ならよかよ」

「嫌とは言っとらん」少なくとも、今の書類仕事よりかはマシだろう。

馬場は一笑し、

「取引したとはいえ」と、肩をすくめた。「相手がちゃんと約束を守るとは、限らんけんね」

つまり、万が一のときのために、保険をかけておこうというわけか。

「この会社の人間は誰も信用できん。副社長の嗣渋も、秘書の上尾も」馬場はにやりと笑い、猿渡の顔を指差した。「やけど、あんただけは信用できる」

8回表

箱崎埠頭《はこざきふとう》にある倉庫——復讐屋が所有するこの秘密の拷問部屋には現在、林とマルティネス、それからジローの三人が集まっていた。

拉致した男は拘束し、パイプ椅子に縛り付けてある。長時間の拷問ですっかり疲弊している様子だ。マルティネスが口を割らせた結果、吉原透の正体がマーダー・インクの社員であることは判明した。だが、この男は源造の殺害には関与していないと主張した。

「俺はなにも知らない。ただ頼まれて、香典袋を用意しただけだ」

「誰に頼まれた？」

「知らねえって」自白剤のおかげか、男の口は滑らかだった。「俺は総務部で、いつもいろんな雑用を頼まれるんだ。あれを用意しろ、これを買ってこいって。いちいち確認してらんねえよ」

マルティネスが脅し、暴行を加えても、男は証言を変えなかった。ただ上に命じられ、いつも通り雑用をこなしただけだと言い張るばかり。香典袋を用意し、それを言われた場所まで届けた。ただそれだけだと。

「どこに届けたんだ？」

「わかんねえけど、山にある別荘みたいなとこだったよ。そこのポストに入れて帰れって指示で。住所までは覚えてねえよ」

マルティネスは男から視線を外し、

「どう思う？」

と、林に意見を仰いだ。

「こっちに来たばかりで、土地勘のない男だしな。住所を覚えてないってのは本当かもしれない」

ただの勘に過ぎないが、この男が嘘を言っているようには見えなかった。

「たしかに、そうよね」ジローも同意する。「この男は無関係かも」

「どっちにしろ、黒幕の正体はわかったな」

知りたい情報は得られた。源造の殺害には、あの会社が絡んでいる。

――殺人請負会社マーダー・インク。

それが摑めただけで、十分だ。

「こいつは俺が始末する」

この男はもう用済みだ。懐から得物を取り出すと、

「ちょっと待って、林ちゃん」ジローが慌てて止めに入った。「そこまでする必要あるの？」

とはいえ、生かしておく理由もない。林はナイフの切っ先を男に向け、語気を強めた。「こいつの会社が、源造を殺したんだぞ。こいつもそれに関わった。殺す理由には十分だ」

「ただ巻き込まれただけよ」

「お前は憎くないのかよ、こいつらが！」

倉庫の中に、林の怒鳴り声が響き渡る。

憎くてたまらない。源造をあんな目に遭わせた連中が。関わった奴全員を皆殺しにしてやりたかった。憤りを抑えきれず、林はパイプ椅子を思い切り蹴りつけた。男が悲鳴をあげ、椅子ごと横に倒れた。その拍子に、地面に強く頭をぶつけたようで、男はそのまま気を失った。

「落ち着け、林」

マルティネスが間に割って入った。

「こいつは俺が適当な場所に捨てとく。所属が所属だからな、警察に駆け込まれることもないだろう」

男を抱え上げ、マルティネスが外へと運び出す。

しんと静まり返った倉庫の中で、先にジローが口を開いた。「それで、これからどうするの？」

「決まってんだろ、マーダー・インクに乗り込む」

手掛かりがあの会社にあるなら、直接赴くまでだ。今は他に方法がない。覚悟は決まっている。

ところが、

「――それはやめた方がいいよ」

反論の声が聞こえてきた。

林を止めたのは、榎田だった。

久々に見るその顔に、思わず目を剝く。林は声を荒らげた。「このキノコ！　今までどこ行ってたんだよ！」

「無事でよかった、の一言が先じゃない？」

でしょ」

「ボクだっていろいろ大変だったんだよ」榎田は口を尖らせた。「コレ見たらわかる
そう言って、彼は自身の足に視線を向けた。よく見れば、榎田は松葉杖《まつばづえ》をついていた。右足は靴ではなくスリッパを履いていて、包帯が巻かれている。

「やだ、榎田ちゃん」ジローが目を丸くする。「どうしたの、その足」

榎田は「指の骨折られた。いろいろあってね」と曖昧に答えた。どうやら連絡がつかなかった間に何らかの事件に巻き込まれていたようだ。詳しく話を聞くべきだろうが、それよりも気になることがあった。

「おい、どういう意味なんだ。その、『やめた方がいい』ってのは」

林が話を戻すと、

「マーダー・インクの次期社長が誰か知ってる？」

と、榎田が質問を返した。

マーダー・インクの次期社長。そんなの知るわけがない。

だが、榎田からは予想もしない答えが返ってきた。

「馬場さんだよ」

林は目を見開いた。隣のジローも「なにを言ってるの」と戸惑っている。

「冗談やめろよ、こんなときに」

「事実だよ。社内の人間からの情報だ」

榎田は珍しく真剣な顔をしていた。この男のこんな顔は見たことがない。事の重大さを察し、林は押し黙った。

「説明してちょうだい、榎田ちゃん」

榎田は頷いた。パイプ椅子に腰を下ろしてから、徐に口を開く。「今回の一連の事件は、二つの動きが絡んでるんだ」

指を二本立て、説明を続ける。

「一つは、マーダー・インクの跡継ぎ争い。もう一つは、ボクたち――『博多豚骨ラーメンズ』への復讐」

「……俺たちへの、復讐？」

「そう。ボクたちに恨みをもつ誰かが、復讐を依頼した。大和くんが何者かに殴られたのも、源造さんが殺されたのも……そして、ボクが監禁され、その手伝いをさせられたのも、すべては復讐のための嫌がらせだったってこと。ミサキちゃんを誘拐しようとしたのも、ね」

「誰なの、その復讐を依頼したのは――」

榎田は首を捻った。「さあ、わかんない。教えてもらえなかった。ただ、その依頼を引き受けた実行犯はわかってる。――嗣渋司。マーダー・インクの副社長だよ」

ということはつまり、その男が吉原に命じ、香典袋を用意させたということか。

「馬場さんはそれを知って、嗣渋と手を組むことにした」

林は眉をひそめた。「ちょっと待て。だいたいなんで、そこに馬場が出てくるんだよ」

「嗣渋司と馬場さんは異母兄弟だから」

「……は？」

「びっくりだよね」

マーダー・インクの前社長には隠し子がいた。それが馬場だった。そして、馬場は会社の後継者に指名された。榎田は淡々と説明した。

「嗣渋が馬場さんを狙うのは、他にも理由がある。依頼の標的であると同時に、後継者に指名された彼が邪魔だった」

要するに、と榎田が話をまとめる。

「馬場さんは、ボクたちに手を出さないことを条件に、会社を継ぐ権利を嗣渋に譲ることにしたんだ」

納得できない話だった。

その嗣渋という男は源造の仇だ。仲良く手を組んでいい相手じゃない。「源造のジイさんを殺した奴と、馬場は取引したってのか？」

「そうするしかなかったんだよ」

「他に方法はあるだろ、いくらでも」

「あるなら、馬場さんだってとっくにやってるでしょ」榎田がため息をつく。「無理だと判断した。だから、敵の条件を呑んだんだ」

「なんだよ、それ。ふざけんなよ」

林は吐き捨てた。

榎田が言い返す。「これは馬場さんの家族の問題だ。ボクたちが首を突っ込むことじゃない」

林は鼻で嗤った。「どうした、お前にしては妙に聞き分けがいいじゃねえか」

「今回ばかりは相手が悪い」

「足折られて怖《お》じ気《け》づいたか？　あ？」

挑発的に榎田に詰め寄ると、ジローが「ちょっと林ちゃん、やめて」と窘《たしな》めた。

「お前らしくねえな。なんでも首突っ込みたがるくせに」

「何とでも言えばいい。とにかくボクは手を引くよ」降参と言わんばかりに榎田は両手を上げた。

「でも」ジローが話に割って入る。「林ちゃんの言うことにも一理あるわ。このまま馬場ちゃんを見捨てるわけにはいかないでしょう」

すると、榎田はジローに向き直り、首を傾げてみせた。

「またミサキちゃんが誘拐されてもいいの？」

その一言に、ジローは押し黙った。無言のまま目を逸《そ》らすことしかできない。

「馬場さんは、ボクたちを守るために犠牲になってくれたんだ」榎田は林の顔を指差した。「それなのに、今キミがマーダー・インクに乗り込んで大暴れしたら、馬場さんのこれまでの苦労がすべて水の泡になる。源造さんの死も、すべてがね。それでも行くの？」

訊かれ、林は反論を飲み込んだ。

答えが出なかった。どうするべきなのか、なにが正しいのか、わからない。

「今のボクたちにできることは、馬場さんの邪魔をしないこと。それだけだよ」

追い打ちをかけるような榎田の言葉に、林は打ちひしがれるしかなかった。なにもできない無力感に苛まれ、くそ、と吐き捨てる。

馬場は言っていた。『仲間を守ってくれ』と。それが彼の望みならば、榎田の言う通り、会社に乗り込むべきではないのだろう。仲間の近くにいて、皆を守ることだけを考えなければ。馬場が安心できるように。自分たちの存在が、彼の足枷《あしかせ》にならないように。

だけど、

「……やっぱり、俺は行く」

どうしても、このまま見捨ててはおけなかった。

「あいつを助けに行く」

馬場はきっと、自分のことも守るつもりなのだ。林に仲間を守らせることで、林自身のことを守ろうとしている。安全な場所にいるように。この争いに巻き込まれないように。

本音を言えば、もっと自分を頼ってほしかった。自分にすべてを打ち明けてほしかった。たとえそれが自分を危険に晒《さら》さないためだったとしても、それでも自分はあの男の隣で戦いたかった。

あいつを助けに行けばよかった。――最後にそんな後悔はしたくない。だったら、自分から踏み込んでいくしかない。

「キミが動けば、ボクたちにまた危害が及ぶかもよ？」

「わかってる」林は頷いた。「だから、お前らは全員、逃げてくれ。絶対に敵の手が届かない場所に」

すべてが終わるまで、決着がつくまで、仲間には雲隠れしておいてもらう。そうすれば、馬場の足を引っ張ることはないだろう。危険に飛び込むのは自分だけでいい。

すると、

「ま、そう言うと思ってたけどね」

と、榎田は笑みをこぼした。

「それは構わないけど」ジローが首を捻る。「……そんな安全な場所、あるのかしら？」

「思い当たる場所がひとつある」榎田が答えた。「ボクが手配しておくよ」

この男に任せておけば間違いないだろう。林は「頼んだぞ」と頷いた。

「それより問題は、どうやってあの会社の中に入るか、だな」

普通の会社ではない。殺し屋だらけの企業なのだ。正面から不審者が突っ込めば、すぐに蜂の巣にされてしまうだろう。

すると、

「マーダー・インクと取引のある会社を狙おう」

と、榎田が提案した。

「知り合いに聞いたんだけどさ、山崎運輸っていう運送会社が、あの会社に武器を運んでるらしいよ」

「その業者になりすまして、侵入するってことか？」

「もしくは、荷物の箱に隠れて、中に運んでもらうか」

前にもそんなことをした記憶がある。狭いケースの中に身を潜めて侵入し、失敗したっけ。思い出し、林は苦笑を浮かべた。「それはもう懲りた」


「――ほら、盗《と》ってきたぜ。これでいいか？」

近くの公園のベンチで待つこと十数分。大和が戻ってきた。

彼が手渡したのは、一枚の社員証。山崎運輸、事務員・橋本真奈《はしもとまな》の文字と、女の顔写真が載っている。

マーダー・インクに潜入するためには、まずは取引先である山崎運輸に潜入して情報を得る必要があった。だが、カードキーとなる従業員の社員証がなければ建物の中には入れない。

そこで林たちは、大和に掏摸の依頼をした。

山崎運輸の社屋から出てきた女に狙いを定め、コートのポケットの中に入っている社員証を、大和は難なく入手した。彼の仕事ぶりを、「さすがだねえ」と榎田が称《たた》えている。

「助かった、ありがとな」

社員証を受け取り、林が礼を告げると、

「今度はなにを企んでんだよ、お前ら」

大和が怪訝《けげん》そうにこちらを睨んだ。だが、深入りする気はないようだ。「ま、なんか知らねえけど、気をつけろよ」と言い残し、去っていく。

鍵を入手したところで、林と榎田はさっそく目的の場所に足を踏み入れた。山崎運輸の自社ビル。すでに終業時間を迎えていて、窓から漏れる光はない。一階は倉庫兼駐車場、二階が事務所のようだ。階段を上がり、目当ての場所へと向かう。

ドアの端末にカードキーを通すと、問題なく開錠された。息を潜めて事務所に侵入する。林が周囲を見張っている間、榎田がパソコンにUSBメモリを挿し込んだ。

「ちょっとワクワクするね、スパイ映画みたいで」

「遊びじゃねえんだ。真面目にやれ」

こんなときになに楽しんでいるんだ。場に似つかわしくない暢気なことを言い出した仲間に呆れながら、林は辺りに警戒の視線を向けた。

榎田はデスクトップのパソコンを起動すると、ものすごい勢いでキーボードを叩きはじめた。

十数分後、作業を終えたのか、榎田がＵＳＢメモリを引き抜いた。

「これで完了」

と、椅子から腰を上げる。

「あとは、ウイルスがボクのパソコンにすべてのデータを転送してくれる。ついでに防犯カメラの映像も、ボクたちが映ってる時間だけ消しといた」

林は感心した。無駄口を叩いていても仕事は早く、的確だ。

オフィスを出てからタクシーに乗り込み、盗み出したデータを馬場探偵事務所に持ち帰った。榎田は事務所のソファに腰を下ろし、膝の上にノートパソコンを置いて作業を開始した。山崎運輸の記録に残っている取引先とのメールの履歴を確認しているようだ。

しばらくして、

「おっ」と、榎田が声を弾ませた。なにか見つけたらしい。「ちょうど明日、山崎運輸はマーダー・インクに武器を運び込む予定みたいだよ」

願ってもないタイミングだ。この機会を利用するほかないだろう。

「だったら、その運送用の車を奪って、マーダー・インクに潜入するってのはどうだ？」

頭の中でイメージする。強引に車を止め、運転手たちを襲う。そして、そのまま車を乗っ取り、逃げる。現金輸送車を狙う強盗犯と同じ手口。運送の走行ルートさえわかれば不可能ではないだろう。

「カーナビとかドラレコの記録から、どの道を通るか割り出せないか？」

「できないこともないけど」榎田は煮え切らない答えを返した。「そもそも、誰が車を運転するの？　キミ、免許持ってないでしょ」

「……あ」

たしかに、そうだった。今までは馬場がいたから車での移動が可能だったが、自分一人では運転できない。

「お前は？」

「ボクも無理だよ。ペーパーだもん」

「運転したことはあるんだろ？　いけるんじゃねえの？」

「途中で事故ってもいいなら」

「いいわけねえだろ」

計画が頓挫しかけた、そのときだった。不意に事務所のドアが開いた。ぞろぞろと連なって仲間が入ってくる。ジローとマルティネス、それから重松も。

「よう、邪魔するぜ」

この三人が揃って顔を出すなんて珍しい。いったいどうしたのかと首を捻っていると、

「なんか二人で楽しそうなこと企んでるって、大和ちゃんから聞いたわよ」

「水臭えじゃねえか、俺たちも交ぜろよ」

ジローとマルティネスが向かいのソファに座った。

「林」重松が林の肩に手を置く。「馬場を助けるんだろ？　俺も協力させてくれ」

有難い申し出だった。だが、手放しでは喜べない。

「でも、お前らまで巻き込むわけには……」

という林の不安を、ジローが「大丈夫よ」と笑い飛ばした。こちらが言うまでもな

く、彼らも状況は理解しているようだ。

「ちゃんとわかってるわ。アタシたちが一緒に行ったところで、足手まといになるだけだって」ジローは片目をつぶった。「だから、会社に乗り込むのは、林ちゃんひとり。アタシたちはただ、そのサポートをするだけ。それなら構わないでしょう？」

8回裏

マーダー・インク本社ビル十三階、役員会議室。

その広さは、同じフロアにある大会議室の倍以上であり、内装は高級感のあるシックなインテリアで統一されている。黒い壁に囲まれた部屋の中央には大理石調の大きなテーブルが置かれ、会議の時間が近付くにつれて、並べられた黒革の椅子が埋まっていく。マーダー・インクの幹部が一堂に会するこの場に、今日はいつもと違う緊張感が漂っていた。

馬場善治を引き連れて、上尾は会議室に足を踏み入れた。

嗣渋昇征に隠し子がいるという噂はすでに社内中に広まっている。颯爽《さっそう》と現れた次期社長に、その場がざわついた。幹部たちの不躾《ぶしつけ》な視線が集中する中、馬場は堂々と社長用の席へと向かっている。スリーピースのスーツ、シャツ、ネクタイ——全身を黒で統一した、威厳のあるその出で立ちには、微かに嗣渋昇征の面影を感じた。

馬場が席に腰を下ろす。上尾はその横に直立した。

今日の議題はただ一つ。上尾が進行役を務めることになっている。全員が顔を揃えたところで、上尾は口を開いた。

「お忙しいところお集まりいただき、誠にありがとうございます」

ずらりと並ぶ役員たちを見回し、頭を下げる。

「皆様すでにご存じの通り、嗣渋前社長はこの会社の後継者にご子息を指名なさいました。こちらにいらっしゃる御方が、嗣渋様の長男である馬場善治様です」

隣の馬場を掌で指し示し、言葉を続ける。

「では、これより馬場善治様の社長就任の決議を行いたいと思います」

上尾は「――が、その前に」と途中で話を止めた。

「皆様にお伝えしなければならないことがございます」

スーツの懐から拳銃を抜く。その銃口を、社長用の席に座る男に向けた瞬間、会議室にざわめきが起こった。

「おい、どういうつもりだ、上尾！」

「なにをしてる！　血迷ったか！」

「副社長に寝返ったんだな！」

幹部たちが立ち上がり、喚《わめ》き散《ち》らしている。上尾は「お静かに」と低い声で一喝した。

「血迷ったわけでも、寝返ったわけでもございません。今も昔も、私は嗣渋昇征様のためだけに働いております」

「だったら、どうして善治様に銃を向けてるんだ！」

「この男は――」背後から男の頭に銃口を押し付け、告げる。「馬場善治様ではないからです」

上尾の一言に、再びざわめきが沸き起こった。「説明しろ」「どういうことだ」と怒号のような声が飛び交う。

「この男は、整形して馬場善治様になりすました別人なのです。この会社を乗っ取るために入れ替わっている偽者です」

グエンからの報告で敵の計画はわかっている。

上尾は嗤った。「私を騙せると思いましたか、嗣渋副社長？」

上尾の指摘に、男は目を見開いた。

驚いた表情を見せたのは、その一瞬だけだった。彼の顔はすぐに薄ら笑いへと変わり、ゆっくりと両手を上げた。「よく気付いたね、さすがだよ」

その瞬間、幹部全員が動いた。同時に拳銃を抜き、一斉に標的へと向ける。

「本物の馬場善治をどこにやった？　まさか、殺してないだろうな？」

十数人に銃口を向けられているというのに、男は平然としていた。口角を上げて笑う。「レンタカーのトランクの中だよ。……まだ生きてるといいけどね」

居場所を訊き出し、上尾は部下を呼びつけて指示を出した。優秀な人材を数人現場に向かわせたところで、

「ここでひとつ、採決を採りたいと思います」

と、周囲の幹部たちに向かって言葉を投げかける。

「もし仮に、馬場善治様が殺害されていた場合、嗣渋副社長の身柄を社内監査部に引き渡し、処分を下します。反対の方は挙手を」

誰も手を挙げなかった。次期社長殺しは大罪である。裁かれるのは当然だ。

その後、身動きできないよう男の手足を縛り、身柄を拘束した。その間、相手はまったく抵抗を見せなかった。

「この男には手下がついています。小森と鯰田、泉の三名です」

「それは我々に任せておけ。手分けして片付けておく」

そう言い残し、幹部たちは会議室を後にした。

手足を拘束され、椅子に縛り付けられている。身動きが取れず、おとなしく椅子に座っているしかなかった。

役員会議は終了した。ひとり、またひとりと幹部たちが退室していく。会議室に残されたのは、拘束された自分と、秘書の上尾、その部下の社員が数名。

そのときだった。

「もう芝居は必要ないぞ」上尾がにやりと笑った。「馬場善治」

名前を呼ばれ、馬場は目を見開いた。

——バレている、自分の正体が。

計画は完璧だったはずだ。いったいどこで気付かれたのだろうか。馬場は横目で上尾を睨んだ。「……なんでわかったと、こっちが本物って」

「ただ整形をして入れ替わるなんて、あの男の策にしては安直すぎる。計画をわざと匂わせてこちらに悟らせ、お前が嗣渋として捕まる。そして嗣渋は馬場として助け出され、何の疑いもなく社長に就任する。そういう魂胆だろう?」

「……お見事やね」

読まれていた。こちらの考えを。嗣渋司の性格を。裏をかいたことが、逆に裏目に出てしまったというわけか。

「俺ってわかっとるんなら、こんなことせんでよかったたっちゃない？」

上尾は馬場を社長に仕立て上げようとしていた。二人が入れ替わっていないことに気付いていたというのなら、あのまま採決を採って馬場の社長就任を推し進めればいいだけの話だ。

だが、そうしなかった理由は明確である。

「お前に、この会社を継がせるわけにはいかない」

「それは願ってもないことやね」

「嗣渋司は見つけ次第始末するよう、部下に伝えてある。お前が――つまり嗣渋が殺したと見せかけてな。お前は嗣渋司として、そして次期社長を手に掛けた大罪人として、このまま会社に処刑されることになる」

「そんなことしたら、後継者がおらんくなるっちゃない？」

「問題ない」上尾は鼻で嗤った。「遺言状にはこう書いてあった。両者ともに会社を継ぐ意思がない、もしくは相続できる状態にない場合は、秘書である上尾に会社を一任する、と」

「……なるほど」

この騒ぎに乗じて二人の息子を失脚させ、自らが会社を継ごうというのか。

「漁夫の利ってやつね。最初からこれを狙っとった？」

「先にこちらを裏切ったのはお前だぞ、馬場善治」上尾が冷やかな目で見下ろしている。「先代が残した大事な会社だ。お前なんかに渡すくらいなら、私が守った方がマシだと判断したまでだ」

「見上げた忠誠心やね。嗣渋昇征ってそんなにすごい奴やったと？」

上尾はなにも答えなかった。軽口を叩く馬場から視線を外すと、

「こいつを見張っていろ。抵抗したら、すぐに殺せ」

そう部下に命じ、会議室から立ち去った。

計画は失敗だ。イレギュラーな事態が発生した。この場面、嗣渋司はどう動くつもりなのだろうか。

だが、今は腹違いの弟の心配をしている場合ではない。早くここから逃げ出さなければ。

「……これは、大変なことになりそうやね」馬場は小声で呟いた。

『──お前は嗣渋司として、そして次期社長を手に掛けた大罪人として、このまま会社に処刑されることになる』

役員会議室に仕掛けた盗聴器から、上尾の声が聞こえてくる。

『遺言状にはこう書いてあった。両者ともに会社を継ぐ意思がない、もしくは相続できる状態にない場合は、秘書である上尾に会社を一任する、と』

「うん、予想通りの展開だね」

嗣渋は笑顔で頷いた。

この展開は予め読んでいた。上尾は長年父親に仕えてきた男で、愛社精神は誰よりも強い。そんな男が、長男といえど、どこの馬の骨ともわからないような隠し子に快く会社を渡すはずがない。これまで主のために遺言を遂行しようと奔走していたが、その胸の内では納得のいかない部分もあっただろう。自分が後を継ぎ、嗣渋昇征の残した会社を守っていくことが最善だと判断すれば、馬場善治にさえも牙をむく可能性は高かった。

「馬場善治は役員会議室にいます」と、鯰田が報告する。「拘束されているようですね」

イヤフォンを耳から外し、

「さて、そろそろ俺たちも会社に乗り込もっか」

と、嗣渋は椅子から腰を上げた。

その合図に、部下たちが一斉に準備に取り掛かる。

「車を回してきます」

ホテルの部屋を出ようとした小森に、嗣渋は「いや」と首を振る。

「知り合いに空輸会社の社長がいる。連絡して、報道用ヘリを貸してもらって」

指示を出し、嗣渋はホテルのスイートルームから外を眺めた。窓ガラスに自分の姿が映っている。漆黒のベストとスラックス。シャツとネクタイも同じ色で合わせている。生前、父親がよく着ていた組み合わせだった。

辺り一面には青い空が広がっている。相変わらずいい眺めだ。

「今日は天気もいいし、空から行こう」

頷き、嗣渋はスーツの上着を羽織った。

ようやく自分の出番がやってきたようだ。

役員会議室のドアを開けると、中には社員がいた。全部で四人だ。入り口に一人、窓際に一人。そして、馬場の両サイドを固めるように、二人立っている。

部屋の中に足を踏み入れた途端、

「おい、なにしに来た、お前」と、社員から鋭い声が飛んできた。「ここは立ち入り禁止だぞ」

「大事な会議があるけ、茶ぁ持って行けっち言われたんすけど」

適当な言い訳を告げると、男は蝿《はえ》を追い払うような仕草を見せた。「必要ない、いいから出て行け――」

次の瞬間、猿渡は動いた。

自分を追い返そうとした男に襲い掛かる。相手の後頭部を掴むと、ドアに強く叩きつけた。

突然の奇襲に、他の三人は面食らっていた。動き出すのが一瞬、遅れた。その隙に猿渡はテーブルの上を走り、窓際の男との距離を詰めた。勢いのままに回し蹴りを食らわせる。反動で体が弾かれ、男は窓ガラスに頭を強打した。

気絶して頽れたことを横目で確認し、すぐに振り返る。馬場の傍に立っていた二人が銃を抜いている。今度はテーブルから降り、椅子のひとつに飛び乗った。思い切り床を蹴ると、キャスター付きの椅子が会議室の中を滑っていく。背もたれを盾にしながら、椅子ごと相手に体当たりした。バランスを崩した男の鳩尾に拳で一撃を食らわせる。

最後の一人は上司に報告しようとしているのか、スマートフォンを取り出したところだった。電話が繋がる前に背後から襲い掛かり、首を絞め落とした。

場を制圧したところで、拘束されている馬場に目を向ける。「間抜けな格好やな」

「いいけん、早く解いてよ」

命令すんなちゃ、と舌打ちし、渋々拘束を解いてやる。

「前もこんなことがあったな」猿渡はふと思い出した。「あのときも、俺が助けてやった」

「そうやったっけ？　覚えとらんなぁ」

「とぼけんなちゃ」

猿渡が社長室に呼び出されたあの日、馬場は言っていた。万が一、自分の身になにか起こったときのために保険をかけておきたい。猿渡に、その保険になってほしい、と。

「まさか本当に、保険が必要な事態になるとはな」

書類仕事ばかりで飽き飽きしていた自分にとっては願ってもない話だ。久々にこうして暴れられるのだから。

「――で、これからどうするん？　まさかこれで終わりやないやろ」

「まさか」と、馬場が苦笑する。「これからが本番、戦争ばい」

それは楽しみだ。猿渡はにやりと笑った。

「六階に備品室がある」黒色のネクタイを緩めながら、馬場は告げた。「まずは、そこで武器を調達せなね」

9回表

作戦決行日を迎えた。山崎運輸の社屋からマーダー・インク本社までの走行ルートは、すでに榎田がドライブレコーダーの記録から割り出してくれている。

林は頭の中で計画を反芻した。

第一段階。重松が覆面パトカーと警察手帳を使い、路地を塞ぐ。「この先で事故があったから迂回《うかい》してくれ」と指示し、標的の車を別の道へと誘導する。

第二段階。その先で林たちが待機。車を足止めし、制圧する。

第三段階。車に乗り込み、業者に扮《ふん》して会社に潜入する。

『上手くいったぞ。そっちに向かった』

待機を始めて十数分後、重松から報告が入った。

「了解」

電話を切り、路地で待ち続ける。しばらくすると、車が現れた。白いボディの軽ワンボックスカーだ。側面に『山崎運輸㈱』の文字が記されている。標的の車で間違いない。運転席と助手席には作業着姿の男が座っている。

タイミングを見計らい、林は車の前に飛び出した。

当然、車は急ブレーキをかけた。林がその場に倒れると、男たちが慌てて車から降りてきた。

「お前、なにやってんだよ！　ちゃんと前見て運転しろよ！」

「俺は悪くねえだろ！　こいつが、いきなり飛び出してくるから……っ！」

言い争いながら、二人が林の元に歩み寄ってくる。

その直後、呻《うめ》き声《ごえ》が聞こえた。ジローの仕業だ。背後から男の頭を殴り、気絶させている。もう一人の男はマルティネスが対処した。山崎運輸の社員たちは地面に転がった。

意識のない男から、林は服を奪った。胸元に『山崎運輸㈱』という刺繍《ししゅう》が入った作業着を羽織り、帽子を頭に被る。これで変装は完璧だ。

そこに、重松が現れた。「上手くいったみたいだな」と安堵の表情を浮かべる。

「こいつらのことは、俺とジローに任せとけ」マルティネスが男の体を抱え、車の中に積み込んだ。

「ありがとな、手伝ってくれて」林は二人に礼を告げた。「事が済んだら、すぐに逃げろよ」

「わかってる。アタシたちのことは心配しないで」

「ああ。暴れてこい、林」

車に乗り込み、走り去る二人を見送ったところで、

「んじゃ、行くか」

と、重松が声をかけてきた。マーダー・インク本社ビルまでの運転手は、彼が務めてくれることになっている。山崎運輸の軽ワンボックスカーに乗り、重松はハンドルを握った。

「おう」

林も助手席に乗り込んだ。事務所から持ち出した日本刀を抱えて。シートベルトをきつく締め、呟いた。「首洗って待ってろよ、バンバカ」


マーダー・インク本社ビル、六階。

カードキーでロックを解除し、備品管理室に足を踏み入れた馬場は、辺りを見回しながら感嘆を漏らした。

「こりゃあ、すごかねえ……」

さすがは殺人請負会社だ。ありとあらゆる凶器が揃っている。大小様々なサバイバルナイフに、斧《おの》、鎌、マチェーテ、ククリナイフ、中華刀、鋸《のこぎり》。それから、警棒やハンマーなどの鈍器もある。まるで世界中の武器を集めた博物館だ。

武器だけではなかった。奥の棚の中には睡眠薬や自白剤、硫酸やヒ素、青酸カリなどの劇薬まで並んでいる。さらに奥の部屋にはより危険なものが保管されているようで、分厚い扉で仕切られていた。中にあるのはダイナマイトや手榴弾《しゅりゅうだん》といった爆発物の類のようだ。

並べられた近接武器を眺めていたところ、その中に忍者刀を見つけた。

「ほら、あったばい。あんたのヤツ」

放り投げるように相手に渡すと、猿渡は舌打ちした。「そんな使い辛《づら》い武器、いらんし」

「えー、あんなに愛用しとったやん」

「うっせえちゃ」

「手裏剣はなかごたあね」

「いらんっち言いよろうが」

猿渡は複雑な表情を浮かべている。なにか思うところがあるようだ。

「どうかしたと？」

尋ねると、

「……いや、別に」猿渡は呟いた。

馬場はからかうように笑った。「あっ、もしかして思い出した？　俺に負けたときのこと」

「殺すぞ」

護衛に殺されては困る。馬場は「冗談に決まっとるやん」と苦笑した。

無駄口を叩くのはそれくらいにして、戦いの支度を進めることにした。日本刀を手に取ろうとした馬場に、

「お前、アホなん？　今から何人相手にせないかんと思っとんのかちゃ」

と、猿渡が呆れた顔で言った。

役員会議室から逃げ出したことは、すでに上尾にも伝わっているはずだ。会社中の社員を刺客として差し向けてくるだろう。

「近接武器で相手しとったら、埒《らち》が明かんけ」猿渡はアサルトライフルと手榴弾を手にした。「まずは、こいつらで敵の数を減らす」

猿渡はスーツの上着を脱ぎ捨て、防弾ベストを身に着けた。さらに上半身と腰にホルダーを装着し、脇に二丁、腰に二丁、自動拳銃を装備していく。

「あんた、銃使えると？」

ノーコンなのに、という言葉は辛うじて飲み込んだ。

「誰に言っとんかちゃ」背中にライフルを担ぎながら、猿渡は鼻を鳴らす。「俺はこの会社の元エースやぞ」

ボストンバッグの中に武器を詰め込み、部屋の外へと運び出す。

馬場が武装している間、猿渡はエレベーターのドアに忍者刀を挟み、閉まらないよう細工した。これでエレベーターは使えなくなった。このフロアにたどり着くには非常階段を使うしかない。敵の動きを幾分か制限できる。

六階の踊り場に行き、運び出した武器を広げたところで、

「俺は上から来た奴を殺るけ」と、猿渡はライフルを構えながら言った。「お前は下を見とけ」

まさか、この男と背中を預け合うことになるとは。馬場は笑った。「敵やったら嫌

やけど、味方やと頼もしかねえ」

「うっせえ、無駄口叩いとったら死ぬぞ」

しばらくして、複数の足音が聞こえてきた。「いたぞ！　殺せ！」と叫ぶ声が響き渡る。さっそく上尾の刺客が現れたようだ。

猿渡が上の階に向かって手榴弾を投げた。辺りが爆発音と悲鳴に包まれた。

「おっ、コントロールいいやん」

軽口を叩くと、猿渡が怒鳴った。「うっせえっち言いよろうが！」


「──着いたぞ」

重松が低い声で告げた。

軽バンが停車する。林は車を降り、辺りを確認した。目の前に聳え立つ真っ黒なビルを見上げ、息を呑む。

ここが、マーダー・インクの総本山か。

「助かった。ありがとな、重松」

仲間の手助けのおかげでここまでたどり着くことができた。礼を告げると、「気をつけろよ、林」と深刻な声色が返ってきた。

気を引き締め、頷く。

「ああ。行ってくる」

ここから重松とは別行動だ。自分だけが敵地に潜入することになっている。立ち去る彼の背中を見送ったところで、計画の第三段階に移った。荷物を積んだカゴ台車を押しながら、正面から堂々と潜入する。

自動ドアを抜けた先で、制服姿の警備員に呼び止められた。「山崎運輸です。お届けにまいりました」と答えると、警備員は笑顔を見せた。

「ああ、いつものやつね。ご苦労さま。総務部には連絡しとくから、六階の備品管理室に運んどいて」

「はい」

難なくゲートを通してもらえた。帽子のつばに手を添え、「お疲れさまです」と会釈する。

そのまま通り過ぎようとした、そのときだった。不意に「ちょっと待って」と呼び止められた。どくりと心臓が鳴る。

「いつもの配達の人と違うけど、新人さん？」

「あ、はい。最近入社したばかりで」

「ちょっとそこで待っててくれる？　一応、先方に確認するから」

さすがは殺人請負会社だ。警備に隙がない。まずいな、と焦りが芽生えた。このまま山崎運輸に連絡がいき、裏を取られてしまえば、自分が偽者だとバレてしまう。

――さて、どうする？

林は自問した。エントランス周辺にいる警備員は、目視できるだけでも三人。倒せない数じゃないが、ここで騒ぎを起こせば人が集まってくるだろう。厄介なことになる。

逃げるか？　今のうちにこの場を離れた方がいいかもしれない。ここは一旦退き、改めて計画を練り直すべきか。

林が踵を返そうとした、そのときだった。

突然、爆発音が聞こえてきた。

「なんだ、今の」

「監視カメラ確認しろ！」

「六階付近の非常階段に人が倒れています！」

「おい、どういうことだ！」

「とにかく行くぞ！」

警備員たちが慌ただしく走り出し、去っていった。

おかげで一階はガラ空きだ。なんかよくわかんねえけど助かったな、と林は安堵の息を吐いた。

さて、今のうちだ。先を急ぐ。台車を押しながら、一階の奥にある警備室へと向かった。先刻の騒ぎで警備員は全員が出払っているらしく、中には誰もいなかった。

「聞こえるか、キノコ」

耳に装着した通信機に向かって、林は声をかけた。

『聞こえてる』通信は良好のようだ。『問題ない』

「警備室に着いたぞ」

『じゃあ手筈《てはず》通り、USBをパソコンに挿して』

林は言われた通りに作業を進めた。「これでいいか？」

『オッケー。ちょっと待ってて』

警備室には大量のモニターが設置されている。そのすべてに監視カメラの映像が流れている。そのうちのひとつが林の目に留まった。数人の人物が集まっている。その中の一人を林は注視した。黒いスーツ姿の男。よく知る顔。

「馬場がいるぞ！　屋上だ！」

顔がはっきり映っている。馬場だ。間違いない。

屋上へ向かおうと逸《はや》る林を、

『それは馬場さんじゃない。嗣渋司だよ』

と、榎田が止めた。

「嗣渋って……馬場の腹違いの弟ってやつか？」まじまじと画面を見つめる。馬場と瓜二つだった。「そっくりだ。双子みてえ」

『当然だよ。馬場さんそっくりに整形したんだから』

「なんのために、そんなことを」

『馬場さんになりすまして、会社の社長になるためだよ』

しばらくして、

『……よし、準備完了』

と、榎田が声をあげた。

『これで監視カメラの映像がこっちでも見れるようになった。ここからはボクが誘導するよ』

「ああ、頼む」

指示を頼りに、警備室を出る。さっそく榎田から有益な情報が入った。『本物の馬場さんは六階の非常階段にいるみたいだね』

ちょうどよかった。六階の備品管理室に運ぶようにと言われている。このまま業者のふりをして目的のフロアまで行けばいい。

だが、問題が発生した。

「エレベーターが来ねえぞ。六階で止まってる」

『物が挟まってて、ドアが閉まらないみたい』

「どうすんだよ。階段で上がるか？」

すると、

『いや、やめた方がいい』

と、榎田が告げた。

「なんで」

『非常階段、今、ヤバいことになってるから』

手榴弾の破裂音に続き、アサルトライフルの連射音が鳴り響く。オフィスビルの非常階段は戦場の最前線と化していた。

襲いくる刺客たちを返り討ちにしながら、

「次から次に湧いてきやがる」猿渡は舌打ちした。「ばりうぜえ」

文句を言いつつも、心は躍っていた。こんなに大暴れするのは久々だ。引っ切り無しに現れる殺し屋の集団に向かって手榴弾を投げては、階段を駆け下りてくる敵の体に銃弾を食らわせる。

「この会社、こんなに社員おったんやね」

弾切れになったライフルの弾倉を交換し、猿渡は吐き捨てるように告げた。「一生終わらんぞ、これ」

騒ぎを聞きつけたのか、今度は警備員の軍団が現れた。下から階段を駆け上ってくる。

馬場がライフルを構え、迎え撃つ。

爆音とともに、弾丸の雨が下の階に降り注ぐ。

ある程度は敵の数を減らすことができた。だが、銃弾のストックもその分減っている。このままここで銃撃戦を続けていれば、いずれは敵を押し返せなくなるだろう。

「どうするん、これから」

猿渡が尋ねると、

「上尾を殺る」

と、馬場は答えた。

「上尾？」

「前に話した、社長秘書の男ばい」

「あの、お前の仲間を人質にして脅してきたっちいう？」

「そう」死体の山を一瞥し、続ける。「こいつらも、上尾の指示で動いとる」

だったらさっさと殺してしまえばいい。「どこにおるん、そいつ」

「それはわからん。けど、この会社のどこかにはおるはずばい。一階に警備室があるけん、監視カメラで捜そう」

敵を牽制《けんせい》して距離を保ちながら、馬場と猿渡は階段を降りた。折り重なるようにして倒れている死体を跨《また》ぎ、上と下を同時に警戒しながら先へと進んでいく。

五階に到着した、そのときだった。

上のフロアから足音が聞こえてきた。誰かがこちらに降りてくる。

「先に行け」と、猿渡は声をかけた。「俺が足止めしとく」

「わかった」

頷き、馬場が階段を駆け下りていく。

猿渡はライフルを構えた。追ってきた刺客に向かって引き金を引こうとしたが、直前で動きを止めた。

現れたのは、グエンだった。

猿渡を見るや否や、彼は苦笑を浮かべた。「暴れてる奴がいると思ったら、お前かよ」

9回裏

福岡空港から報道用ヘリに乗り、百道浜を目指す。マーダー・インクの屋上にあるヘリポートに降り立ち、嗣渋たちは難なく会社に侵入した。

最上階のフロアはしずかなものだった。社長室の中にも人はいない。

「君たちは賞金首扱いだ。幹部連中や上尾が命を狙ってくるだろうから、気をつけて」

「了解」

最後の任務に向けて部下たちが各々支度を始めた。泉と小森は用意していた武器を身に着け、鯰田はローテーブルの上にパソコンと通信機器を広げている。

三人の部下を横目に、嗣渋は本革のデスクチェアに腰を下ろした。

「どうです、座り心地は」

小森に訊かれ、

「最高だよ」と、嗣渋は微笑んだ。「俺が選んだ椅子だからね。特注品なんだ。イタリア製」

そうだ。この椅子は自分のものだ。ここは自分のための部屋だ。

この会社は、俺のものだ。

今からそれを確実なものにする。嗣渋は部下に声をかけた。「ねえ、鯰田君。今この会社の最高管理者権限って、誰になってる？」

キーボードを叩き、鯰田が確認する。「情シスの端末のログによると、二日前に嗣渋昇征から馬場善治に変更されていますね」

「俺に書き換えといてくれる？　指紋のデータ使っていいから」

「了解です」

鯰田が作業をしている間、嗣渋はタブレット端末を操作した。この会社の監視カメラの映像がすべて確認できるようになっている。

「下の様子はどうっすか？」

腰に拳銃を差し込みながら、泉が尋ねた。

「すごいよ、戦場だ」

カメラの映像を見つめ、嗣渋は声を弾ませた。

非常階段は死体の山だ。大勢の社員が血を流して倒れている。中には辛うじて息のある者もいるようだが、長くは持たないだろう。リストラする手間が省けたな、とほくそ笑む。

「今、一階で、上尾と善治兄さんが殺り合ってるみたい」

相打ちなら万々歳だなぁ、と嗣渋は呟いた。つい心の声が漏れてしまった。このまま共倒れしてくれと願う。それが理想の展開だ。

「初めから、こうなさるおつもりだったんですね」

という小森の指摘に、

「まあね」嗣渋はにやりと笑った。「新しいものを作るには、一度全部ぶっ壊さないといけないから」

この会社には、嗣渋昇征の派閥の人間が大多数を占めている。自分が会社を継いだところで、彼らの存在は後々邪魔になるだろう。だから、この機に乗じて敵対派閥の数を減らしておく。それが狙いだった。この会社を新しく作り替えるためには、それだけのことが必要なのだ。

「ついでに、ろくに働きもしないで高い給料もらってる上の連中がいなくなってくれたら、助かるんだけどなぁ」

最上階からの高みの見物は心地が良い。社長用の椅子にふんぞり返り、カメラの映像を眺める。馬場善治は大勢の社員に囲まれ、絶体絶命の状況だった。

「善治兄さんも頑張ったけど、さすがにこの人数じゃ無理そうだ」

ここは上尾に軍配か。まあいい、と呟く。どの道、どちらも生かしてはおかない。

上尾は俺たちが殺せばいいことだ。


猿渡にその場を任せ、馬場は非常階段を駆け下りた。

しばらく進むと、一階のフロアに出た。目的地は奥にある警備室。監視カメラで上尾の居場所を突き止めるつもりだったが、その必要はなかった。

フロアの中央で上尾が待ち構えていたからだ。

その周囲には、黒服の集団。大勢の社員がエントランスを塞いでいる。先回りしていたようだ。

「ちょうどよかった」馬場は薄く笑った。「捜しとったとよ、あんたを」

馬場が一歩踏み出すと、上尾がすっと片手を上げた。その指示を受け、部下たちが馬場を取り囲む。一斉に拳銃を構え、銃口をこちらに向けた。ざっと数えて二十人はいるだろう。

「武器を捨てろ、馬場善治。蜂の巣になりたくなかったら、おとなしく降伏するんだ」

命じられ、言う通りにするしかなかった。ライフルと二丁の拳銃を床に置き、ゆっくりと両手を上げる。

だが、降伏する気はなかった。

馬場を拘束しようと近付いてきた男に、すばやく肘で打撃を食らわせる。その背後に回り込み、相手の首に腕を回した。

男の体を盾にしながら、まずはその武器を奪い取る。背後にいる二人の男を撃ち、すばやく後ろに後退る。

「構わん、撃て！」

上尾が叫んだ。盾にしている人質ごと馬場を撃ち殺す気だ。このままではまずい。

馬場は視線を彷徨《さまよ》わせた。大型のアクアリウムが目に留まった。男の体を集団に向かって突き飛ばすと、馬場はその水槽台の裏側に滑り込んだ。

自動拳銃の銃声が鳴り響く。

防弾仕様の水槽が攻撃を防いでいる間に、馬場は反撃した。数は多いが、遮蔽物がある分こちらが有利だ。隠れながら狙いを定め、一人ずつ倒していく。

銃声と悲鳴が、一階のフロアに木霊する。

なんとか敵の数を半分ほどまで減らせたが、そこで弾が切れてしまった。馬場は水槽の裏から抜け出し、落ちている拳銃を拾おうとした。

その瞬間、一発の銃声が鳴った。

弾は馬場の腕を掠めた。被弾の衝撃で、馬場は弾かれるように床の上に転がった。

その隙に、男たちが馬場を取り囲む。

「惜しかったな」

上尾が歩み寄ってきた。

銃を構え、馬場の頭を狙っている。

「これで終わりだ」

馬場を見下ろし、上尾が引き金に指をかけた。

さすがにもう打つ手がなかった。銃口から鉛の弾が飛び出し、自分の眉間を撃ち抜く――そのイメージが、はっきりと見て取れた。

これでゲームセット。俺の負けだ。

馬場はゆっくりと目を閉じた。命を諦め、襲いくる銃弾に身構えた——そのときだった。

一発の銃声とともに、呻き声が聞こえた。

背後からだ。

馬場は顔を上げた。上尾が目を見張っている。

いったいなにが起こっているのか。

振り返ると、

「——よう、馬場」

名前を呼ばれた。

「大変そうだな、手伝ってやろうか？」

そこにいたのは、あの男だった。

馬場は目を見開いた。

——どうしてあんたが、ここに。

その足元には上尾の部下が倒れていた。胸を撃たれたようで、血を流して苦しんでいる。

その体を蹴り飛ばし、白い歯を見せて笑う。

「明太子《めんたいこ》、一か月分に負けといてやるよ」

彼は銃を構え、引き金を引いた。

延長10回表

「――明太子、一か月分に負けといてやるよ」

直後、林は動いた。

サブマシンガンを構え、黒服の集団に向かって連射する。弾丸に撃ち抜かれた敵の体が次々と頽れ、瞬く間に屍《しかばね》の山が出来上がった。

「……よし、片付いたな」

満足そうに笑う林を、馬場は唖《あ》然《ぜん》と見つめることしかできなかった。

「いい仕事したろ？」

林は作業着姿だった。上着の胸元には『山崎運輸』の刺繍が入っている。長い髪の毛を帽子の中に詰め込み、業者に扮してこの会社に潜入したようだ。

はっと我に返り、

「なんで来たとよ！」

馬場は声を張りあげた。

ここにいてはいけない。この件に関わってはいけない。仲間を守るために、自分は一人で動いていたのだ。ここで彼が介入すればすべてが水の泡だ。

林はむっとしていた。「なんだよ、その迷惑そうな顔は。助けてやったんだから礼くらい言えって」

「俺のことはいいけん、はよ逃げろ」

今ならまだ間に合う。次の追手が来る前に、嗣渋に見つかる前に、彼をここから逃がさなければ。

すると、

「心配すんな」

馬場の懸念を、林は軽く笑い飛ばした。

「他の仲間は全員、安全な場所にいる。拳銃も刃物も爆発物も絶対に持ち込めない場所だ。刺客を送り込んだって手出しはできない」

馬場は眉をひそめた。安全な場所？　嗣渋や会社の手が届かない場所なんて、はたして存在するのだろうか。

「みんなは、どこに……？」

答える代わりに、林は「ほら」となにかを差し出した。セアカゴケグモ型の通信機だ。受け取り、耳に当てる。声が聞こえてきた。

『空港だよ』

榎田の声だった。

『福岡国際空港。みんな、保安検査場を抜けたとこ。夜の直行便でハワイに逃げる予定』

「は？　ハワイ？」

目を丸くする馬場に、林が「自主トレだよ、自主トレ」と付け加える。

『心配いらないよ、馬場さん。ボクたちは安全だから。ここなら誰も手を出せない』

通信機越しに、榎田の『思い切り暴れちゃいなよ』という楽しげな声が聞こえてくる。

『出発までまだ時間があるし、ボクも遠隔でサポートするからさ』

「これ使え。うちから持ってきてやった」ほら、と林が日本刀を手渡す。「さっさと片付けて、俺らもハワイ行こうぜ」

心強い仲間の言葉に、思わず声が震えた。

「……ありがとう、二人とも」

刀を腰に差し、頭を下げる馬場に、

「お前はもう少し」林がにやりと笑った。「人を頼ることを覚えた方がいいぜ」


さて、どうしたものか。

最も会いたくない奴に会ってしまった。同期入社の友人。猿渡は銃を構えたまま硬直した。相手も同じだ。お互い、いつ引き金を引いてもおかしくない状況である。

ところが、意外なことに、グエンは銃を下ろした。

「行けよ、猿」

そう言って、顎で下の階を指す。

「……見逃してくれるん？」

訊けば、グエンは苦笑した。「お前と戦いたくはねえからなぁ」

それはこちらも同じだ。彼とは長い付き合いだ。殺したくはない。戦わずに済むなら助かるのだが。

「一緒にいるところを見られたらマズい。早く行け」

急《せ》かされ、猿渡は頷いた。「悪いな」と呟く。

相手に背を向けた、そのときだった。

「――猿！」

不意に、グエンが叫んだ。

驚き、振り返った瞬間、一発の銃声が耳に届いた。それと同時に、グエンの脇腹が血を噴いた。

撃たれたようだ。傷口を押さえ、グエンが床に片膝をついている。

銃弾の軌道からして、猿渡の頭を狙った一発だった。おそらくグエンが庇《かば》ってくれたのだろう。彼が前に躍り出て、身を挺《てい》して自分を守ったのだと、猿渡はすぐに悟った。

「おい、大丈夫か！」

猿渡はグエンに駆け寄った。

「……ああ」グエンは顔をしかめている。急所は外れていたが、状況は芳しくないようだ。「それより、面倒な奴に見つかっちまった」

革靴の音が聞こえてきた。一段ずつ、ゆっくりと階段を降りてくる音が。猿渡は身構えた。

男の声がする。

「――いやあ、さすがに駄目でしょ。反逆者を逃がしちゃ」

一人の社員が現れた。若い男だった。

「誰なん、こいつ」

訊けば、グエンは掠れた声で答えた。「……泉勇人《はやと》、事業部の新人だよ」

泉という名のその男は、

「始末書じゃ済まないっすよ、グエン先輩」

と、へらへらと笑いながら言った。

次いで、視線を猿渡に移す。

「あんたが猿渡先輩っすよね？　噂は聞いてますよ、うちの部のエースだったたって。……ま、あんたの成績、俺が塗り替えちゃったんですけどね」

「……なんかわからんけど、腹立つガキやな」

猿渡は舌打ちした。

「すみませんねえ、新社長の命令なんで」泉が銃を構えた。「二人とも死んでもらうっす」

マーダー・インクに潜入し、無事に馬場と合流することができた。ここまでは計画通りだ。

「――で？　これからどうする気だ？」

林が尋ねると、馬場は力強い口調で答えた。「この会社を潰す」

「じゃあ、社員全員殺すか？」

「いや。この会社の実態を世間に公表して、法の下に裁いてもらう」

『そのためには、証拠が必要だよね』榎田が会話に入ってきた。『殺人請負会社なんてものが実在したっていう、確実な証拠が』

「そう」

馬場は頷いた。

「その証拠を、今から盗みに行く」

馬場が計画を説明した。彼の話によれば、このビルの地下一階には特別資料室という部屋があるらしい。そこには、この会社のすべてのデータが集約されている端末があり、最高権限を持つ者――要するに社長だけが触れることができる仕組みになっているという。

そのデータを盗み出し、会社の悪事を暴露する。それが馬場の狙いだった。

「そうと決まれば、さっさと行こうぜ」

馬場の先導で非常階段を駆け下り、地下のフロアへと向かう。幸い、地下一階には誰もいないようだった。

しばらく廊下を進み、

「この部屋ばい」

重厚なドアの前で馬場が足を止めた。プレートには特別資料室という文字が刻まれている。馬場が社員証を翳すと、扉のロックが解除された。

「マジで社長なんだな、お前……」

馬場をじっと見つめながら、林は呟いた。

珍しい格好をしている。黒のスリーピーススーツに、同じ色のシャツとネクタイ。いつものようなボサボサ頭ではなく、髪の毛もきっちりと固めて整えて。まるで別人のように見えるが、「巻き込まれただけやけどね」と苦笑するその顔は、いつもの彼と変わらなかった。

扉を開け、部屋の中に入る。資料室といっても、分厚いファイルや段ボール箱などは見当たらない。一台のパソコンが置いてあるだけだった。

馬場がパソコンを起動した。タッチパネルの画面に五本の指を置く。

これで端末にログインできるはずだが、

『アクセス権限がありません』

エラー音とともに、画面にはそんな一文が表示された。

「……あれ？」

馬場は眉間に皺を寄せた。

もう一度やり直してみたが、やはりエラーになる。

「入れねえじゃねえか」

「左手やったっけ？」

逆の掌でも試してみたが、結果は同じだった。

「話が違うぞ。どういうことだよ」

「おかしかねえ、俺の指紋が登録されとるはずなっちゃけど……」

「おい、キノコ」通信機に向かって声をかける。「何とかしろよ」

『えー、無茶言わないでよ』

馬場が首を捻った。「なんで入れんっちゃろ？」

そのときだった。

「管理者権限を書き換えたからです」

声がした。

とっさに身構え、勢いよく振り返る。

資料室の入り口に、一人の女が立っていた。黒のパンツスーツ姿で、長い髪の毛をひとつに結んでいる。

見覚えのある顔だ。

「お前、こないだの——」

斉藤を襲っていた女だ。間違いない。首から下げた社員証には『小森』という名前が書いてあった。所属は社内監査部とある。

「馬場善治」小森が口を開いた。まるで機械のような、抑揚のない、淡々とした声色で。「あなたにはもう権限はありません。その端末にアクセスできるのは嗣渋司様のみです」

「……俺がこうすることを、読んどったわけか」

馬場が顔をしかめた。

どうやら敵に先回りされたらしい。林は舌打ちした。「ってことは、もうデータは盗めねえのかよ」

『いや、他にも方法はある』答えたのは榎田だった。通信機から声がする。『会社のサーバーをハッキングできれば、管理者権限を書き換えられるかも』

「じゃあ、今すぐやってくれ」

『そのためには、誰かに情報システム部のサーバー室まで行ってもらわないといけないけど……』

ただ、問題はこの女だ。

この女が簡単にここを通してくれるとは思えない。

自分がやるべきことはわかっている。林は踏み出し、女に向かって勢いよく体当たりした。

取っ組み合うような体勢で、背後の壁に背中を打ち付けながらも、女は反撃してきた。林の足に、絡めるように自身の足を引っかける。

バランスを崩し、林はその場に倒れた。だが、相手の腕は放さなかった。強く引っ張り、道連れにする。二人は縺れ合《もつあ》うようにして、床の上に転がった。

相手の体に馬乗りになり、

「馬場、お前が行ってこい！　こいつは俺に任せろ！」

林は叫んだ。

ここは自分が時間を稼ぐ。

馬場は頷き、部屋を飛び出した。

女を睨みつけ、

「こないだは、俺の仲間が世話になったな」林は拳を握った。「きっちり借りを返してやるよ」

延長10回裏

情報システム部は四階にある。非常階段を全速力で駆け上がり、馬場は目的のフロアに到着した。

ドアの横にある端末に社員証を翳す。本来ならば音が鳴って緑色に光り、ロックが解除されるはずなのだが――無反応だった。

おかしい。いったい、どういうことだ。

「俺の社員証じゃ入れんようにしたんやろか？」

これも嗣渋たちの仕業だろうか。首を捻っていると、

『いや』と、榎田の声が耳に届いた。『資料室には入れたんだから、違うと思うけどなあ。馬場さんのＩＤだけ弾いてるんだったら、端末からエラー音が聞こえるはずだよ』

たしかに、榎田の言う通りだ。ここのカードリーダーはまるで電池が切れたかのよ

うに、何の反応も示さないでいる。

『ちょっと待ってて、監視カメラで中の様子を確認してみる』しばらくして、榎田が報告する。『……あー、中に男がいるね。おそらく、この男が意図的に端末を切ったみたい。誰も入ってこられないように』

「籠城しとるわけか」

管理者権限を書き換えるために馬場がサーバー室に来ることを見越して、先に手を打ったようだ。すべてにおいて相手側が一枚上手である。

「中におるのは、どんな男？」

『頭は角刈りで、タトゥがある。大柄で強そうな男。知ってる人？』

「たぶん、情報システム部の鯰田やと思う。嗣渋司の部下の」

すると、榎田は『そっか、この男か』と呟いた。

いずれにしろ、中に入る方法はない。これでは会社のサーバーをハッキングするのは難しい。

『困ったなあ。どうする、馬場さん』

馬場は答えた。「方法なら、他にある」

デジタルな技術に頼らない、最も手っ取り早い方法が。

馬場は引き返し、今度は一階まで降りた。そこから高層階用のエレベーターに乗り込み、最上階のボタンを押す。

『……なにをする気なの？』

馬場は答えず、耳から通信機を外した。それを上着のポケットの中に入れ、エレベーターを降りる。

十四階。このフロアにあるのは社長室だけだ。部屋のドアは開いていた。まるで馬場を招き入れるかのように。

しずかに足を踏み入れると、

「──来ると思ってたよ」

声がした。

嗣渋司がいる。

自分と同じ顔、同じ声、同じ格好をした男が、社長室の椅子に座っている。

「残念だなぁ、善治兄さんとは争いたくなかったんだけど」

馬場は鼻で笑い飛ばした。「心にもないことを」

「あ、バレてる？」

苦笑し、嗣渋がゆっくりと腰を上げる。

その手には日本刀が握られていた。白い鞘《さや》から引き抜きながら、嗣渋が口角を上げる。「それじゃあ、決着をつけようか」


その女の動きは素早かった。次々と打撃を繰り出してくる。それも、確実に急所を狙って。身軽な林であっても、攻撃を避けるだけで精いっぱいだった。

だが、それで問題ない。

足止めできればいい。馬場のために、時間を稼げれば。無理に倒しにいく必要はない。

鳩尾を狙う拳を受け止めた瞬間、目の前の女が口を開いた。

「このまま長引かせて、時間を稼ごうと思っていますね？」

図星を突かれ、林は心の中で苦笑した。さすがにお見通しか。

「いいじゃねえか」女を見据え、にやりと笑う。「遊んでくれよ」

「私も暇ではありませんので」

「そりゃ悪かったな。なら、さっさと終わらせようぜ」

林は得物を取り出した。愛用のナイフピストルだ。それを出鱈目《でたらめ》な軌道で振り回しながら、相手を牽制する。

切っ先を避けようと、女が反射的に後退った。

これを狙っていた。間合いが離れたところで、林は引き金を引こうとした。

ところが、同時に女が動いた。林の腕に向かって、高く足を蹴り上げる。軌道が逸れ、弾は外れた。

こちらの動きが読まれている。相手は冷静だ。

得物は林の手を離れ、床の上に転がった。拾う暇はなかった。再び女が距離を詰める。鳩尾の辺りに拳を叩き込まれ、林はふらつき、片膝をついた。

咳《せ》き込《こ》みながら相手を見遣《みや》ると、女は部屋を出ようとしていた。

馬場を追う気だ。

そうはさせない。林はとっさに身を乗り出し、腕を伸ばした。後ろからその髪の毛を掴み、強く引く。

「良い手触りだな。何のシャンプー使ってんのか、教えてくれよ」

「……放せ」

放るように力を込めると、勢いそのままに女の体は壁にぶつかった。

林は女の首に前腕を当て、強く押し込んだ。壁と林の間に挟まれ、女は身動きが取れずにいる。

このまま絞め落とそうと、林はさらに体重をかけた。前のめりになり、両者の体が密着する。それと同時に、女の両手が林の首に絡みついてきた。相手の狙いも同じのようだ。

いいぜ、と林は心の中で囁《ささや》いた。

――どちらが先に倒れるか、我慢比べといこうじゃないか。


猿渡は顔をしかめた。こちらには怪我人《けがにん》がいる。分が悪い。今は一旦、引かなければ。グエンに肩を貸し、猿渡は階段を降りながら拳銃を構えた。距離を詰めようとする泉に向かって、牽制の弾を撃つ。

「しぶといっすねえ、先輩方」

上の階から声が聞こえてきた。

生意気な口を利く男に、猿渡は舌打ちした。だが、たしかに大口を叩くだけのことはある。軽い言動に反して、相手は慎重だった。一気に攻めてくることはせず、じわじわとこちらを追い詰めている。状況判断が的確だ。

「……猿」グエンが口を開いた。「俺のことは、置いていけ」

「ふざけんなちゃ」猿渡は声を荒らげた。「んなこと、できるわけねえし」

「俺はお荷物だ」

グエンの出血が酷くなってきた。今にも気を失いそうだ。早く手当をしなければ。だが、救護室は十二階にある。自分たちがいるのは三階。階段の上には泉が立ち塞がっている。このまま下に降り続け、ビルの外に逃げるしか道はない。

足音が近付き、猿渡は上に向かって引き金を引いた。

だが、もう弾は出なかった。

まずいな、と焦りが芽生える。グエンの体を背負うようにして、猿渡は階段を駆け下りはじめた。

「もしかして弾切れっすかぁ？」

上から楽しげな声が聞こえる。狙っていたようだ、こちらの物資が尽きる瞬間を。

「じゃあ、そろそろ行きますかね」

階段を降りながら、猿渡は顔をしかめた。武器もなく、怪我人を背負った状況で、いったいどうしろというのか。

このままでは勝てない。

心の中に絶望が芽生えはじめる。

あのときと同じだ。

俺がもっと強ければ、あのときだって、あんなことには――。相棒の姿が頭を過った。土下座で命乞いをする惨めな姿が。あんなことをやらせるために、バッテリーを組んだわけじゃないのに。

『本日は、猿っちにピッタリの武器を用意しました』

あいつと仕事を始めた日に言われた言葉。

カッコイイでしょー、とはしゃぐ男の声が、頭の中に蘇《よみがえ》る。『忍者っぽい武器をたくさん用意したの。特注品だよ。手裏剣に、苦無に――』

猿渡ははっと思いついた。

「……まさか、またアレに頼ることになるとはな」

呟き、にやりと笑う。物資はまだ尽きていない。手は残されている。

猿渡は二階の踊り場にたどり着くと、ドアを開けて廊下に飛び込んだ。その先に扉がある。ここは資料係のオフィス――自分が働いていた場所だ。

ドアを開けて中に入り、部屋の奥にグエンを避難させると、猿渡は自分の席へと向かった。パソコンと、数冊のファイルが置かれたスチール製のデスク。

一番上の引き出しを開けた、そのときだった。

ドアが開いた。

「隠れても無駄っすよ」

泉が現れ、こちらに銃口を向ける。

相手が引き金を引くよりも先に、猿渡は動いていた。

大きく右手を撓《しな》らせ、投げる。

引き出しの中から取り出した一枚の手裏剣が、敵に向かって直進する。不意に飛んできた黒い塊に驚き、泉はとっさに右に避けた。

馬鹿が、と心の中で呟く。ストレートを投げるわけがない。

手裏剣の軌道は途中で大きく曲がり、銃を握る泉の掌に直撃した。痛みに悲鳴をあげた拍子に、銃口が跳ね上がった。銃弾が天井にめり込む。

猿渡はすぐに距離を詰めた。苦無を手に握りしめ、泉に向かって突進する。狙いは外さなかった。胸元に向かって、得物を深く突き刺す。

勢いよく噴き出した返り血が、猿渡の顔を赤く染める。

泉が目を見開いた。ゆっくりと後退り、壁に凭れ掛かるようにして頽れた。光の消えかかった瞳で、掌に刺さった手裏剣を一瞥し、

「……今時こんな、冗談みたいな武器使う人、いるんすね」

と、馬鹿にしたように嗤った。

虫の息の男を見下ろし、猿渡は口の端を上げた。「カッコイイやろうが」


刃が激しくぶつかり合う金属音が、先刻から絶えず響き渡っている。

嗣渋は頭が切れる男だ。勝負勘も並外れていて、こちらの動きはすべて読まれていた。

それで構わない。馬場は嗣渋を殺しに来た――相手はそう思い込んでいる。それを踏まえて、馬場の動きを読んでいる。

だが、馬場の目的は嗣渋の命ではなかった。その誤算が、突破口になる。

次の瞬間、嗣渋がすばやく動いた。正面から突き刺すような鋭い一太刀が、馬場に迫ってくる。ちょうど横腹を掠めるくらいの、ギリギリの位置だった。馬場が避ける

ことまで計算された攻撃だと察した。相手の思惑通りに体を逆側に翻せば、その隙を突いてトドメを刺されるだろう。

馬場は攻撃を躱さなかった。

その予想外の動きに、嗣渋が目を見開く。

馬場は嗣渋の刀を横腹で受け止めた。刃が肉を掠めている。激痛が走ったが、そのおかげで相手を一瞬だけ拘束することができた。そのわずかな時間を利用し、馬場は刀を振り下ろした。嗣渋の右手に向かって。

馬場の一刀が、相手の肉と関節を断つ。

嗣渋の右手首が、握られた得物ごと床に転がった。

手首の断面から血が勢いよく噴き出し、嗣渋が声にならない悲鳴をあげた。痛みを堪えて歯を食いしばり、床に手を伸ばす。

「……やってくれたね」

嗣渋は自身の手首から日本刀を引き抜き、左手に握り直した。ふらつきながらも、がむしゃらに刀を振り回す。

馬場は嗣渋の体を突き飛ばし、落ちている手首を拾い上げた。

目的は果たした。これ以上戦う気はない。馬場は社長室を飛び出した。負傷した脇腹を押さえながら、廊下を駆け抜ける。

再び通信機を耳に装着し、声をかけた。「榎田くん、聞こえる？　リンちゃんに伝えて。これ使って指紋認証を解除して、って」

榎田は笑っていた。『こんな方法、アナログすぎて思いつかなかったよ』

馬場はエレベーターに乗り込んだ。四階と地下一階、二つのボタンを押す。

「それから」もう一つ、言伝《ことづて》を頼む。「データを抜き取ったら、すぐに逃げるように言って」

『了解。伝えとく』

通信を切る。

籠が止まり、ドアが開いた。切り落とした嗣渋の手首をエレベーターの中に残し、馬場は四階で降りた。

情報システム部の鍵は依然として開かなかった。だが、まだ中に人の気配は残っている。ドアをノックし、馬場は声をかけた。

「あんたと話がしたい。開けてくれん？」

しばらくして、ドアのロックが開いた。

中にいたのは、やはり鯰田という嗣渋の部下だった。馬場に背を向けたまま、デスクでパソコンを弄《いじ》っている。監視カメラの映像を見張っていたようだ。

「今、どういう状況かわかるやろ？」

「ええ、まあ。ずっと見ていましたから」鱠田が頷く。敵が目の前にいるとは思えないほど、落ち着き払っていた。「泉が殺られた。嗣渋社長も戦える状況じゃない。形勢が一気に傾きましたね」

　鱠田は冷静に状況を分析していた。

「ここから巻き返すのは厳しい。九割方、ゲームセットだ。俺は無駄な抵抗はしない主義なんで――」

　鱠田は椅子から立ち上がり、馬場に体を向けた。

「あなたの話を聞きましょう」

　さすがは嗣渋が集めた精鋭の一人。利用価値のありそうな男だ。頷き、馬場は口を開いた。「俺に協力してほしい」

延長11回表

「――げほっ、が、はっ、くそっ」林はふらつき、激しく咳き込みながら、その場に座り込んだ。何度か深呼吸を繰り返し、脳に酸素を送り込む。

「……しぶとい女だったな」

床の上に伸びている敵を一瞥し、独り言を呟く。

先に気を失ったのは相手の方だった。なんとか勝てたが、ギリギリだった。あと数秒耐えられてしまっていたら、どうなっていたかわからない。

爪痕が残る首元を摩り、乱れた息を整えていると、

『――林くん、聞こえる？』

と、通信が入った。

榎田からだ。右耳の通信機に手を添え、応答する。「ああ、どうした？」

『馬場さんから伝言。エレベーターに行って』

指示通り、林は部屋を出て、廊下を進んだ。

奥にエレベーターが見える。ちょうど籠が地下一階に到着したところだ。扉が左右に開く。中には誰も乗っていないが。

視線を床に落としたところで、林はぎょっとした。

「げっ！　なんだよ、これ……」

手がある。

切断された人間の手首が、エレベーターの籠の真ん中に落ちている。

『それ拾って』

「えぇ……」榎田の指示に、林はぞっとした。「嫌なんだけど……」

『いいから早く。ドア閉まっちゃう』

急かされ、林は渋々手を伸ばした。その手首を拾い、エレベーターに背を向ける。

「誰の手だよ」

まじまじと観察する。手首からすっぱりと刃物で断ち切られたのか、断面は綺麗なものだった。小指が右端に付いているということは、右手のようだ。大きさや指の太さからして、男の体の一部であることは確かだろう。

『嗣渋司の右手だよ。馬場さんが切り落とした』

と、榎田が説明した。

「ってことは、馬場は嗣渋を殺ったのか？」

『いや、まだ生きてはいるけどね。とにかく、これさえあれば指紋認証を突破できる』

「ずいぶんな力業だな……」

手首を抱えて資料室に戻る。端末を起動して認証画面に進み、その指先を画面に当てたところ、ロックが解除された。狙い通り端末にログインできたようだ。

「入れたぞ」

『じゃあ、ＵＳＢを挿して』

「わかった」

指示に従い、ＵＳＢメモリを端末に挿し込む。

『今、データを抜き取ってる。あと一分くらいで終わるはず』

画面上に『コピー中』という表示が出てきた。現在は三十パーセントほど完了している。

データを抜き取っている間、外を見張りながら榎田と言葉を交わす。「このデータがあれば、マーダー・インクを葬れるんだな」

『これまでの悪事がすべて詰まってるからね』

「それって、社員データも？　斉藤の情報もあるかも」

『まあ、そこは消しといてあげようか』

「だな」

そうこうしているうちに、進捗が百パーセントに達した。コピー完了の文字が表示された、その直後のことだった。

突然、警報が鳴り出した。

「な、なんだ――」林はぎょっとして辺りを見回した。「どうなってんだよ」

天井のスピーカーからアナウンスが聞こえてくる。『社員は速やかに退避してください』

次の瞬間、フロアのスプリンクラーが作動した。

「おい、なんか降ってきたぞ」

水かと思いきや、違うようだ。嫌な臭いがする。

「まさか、これ……ガソリンか？」

濡《ぬ》れないよう部屋の端に移動すると、

『……ヤバいかも』

と、榎田が呟いた。

「どうした」

『罠だった。全部コピーするという行為自体が、スイッチだったんだ』

何の話をしているのか、林にはさっぱりわからなかった。「つまり、どういうことだ？」

『あと三十分後に、このビル』榎田が答えた。『燃えちゃうみたい』


『社員は速やかに退避してください、社員は速やかに退避してください』

刺客を片付け、グエンを連れてオフィスを出たところで、突然アナウンスが響き渡った。

驚き、猿渡は足を止めた。「なんかちゃ、これ」

「何者かが、うちのデータを持ち去ろうとしたみたいだな」

グエンが答えた。

「このビルはもう駄目だ」

「は？」

「会社にとって不都合なことが起こったら、証拠隠滅のために建物が燃える仕組みになってんだよ」

「うそやろ」

早く逃げなければ。猿渡はグエンの体を背負い、走った。

廊下を抜け、非常階段の踊り場に出た、そのときだった。上の階から足音が聞こえてきた。

別の刺客かもしれない。

「先に行け、グエン」

グエンを逃がし、時間を稼ぐことにした。苦無を握り直し、身構える。

姿を見せた男に向かって、猿渡は苦無を投げつけた。

「うおっ」

相手は声をあげながら攻撃を避けた。

馬場だった。

「もう、なんするとよ、危ないやん」

「敵かと思った」猿渡は警戒を解いた。「脅かすなちゃ」

今は言い争っている場合ではない。

「はよ逃げな、会社が火の海になるらしいぞ」

「その前に、あんたにやってほしいことがある」

馬場は足を止めた。

「すぐ終わるけん、手伝ってよ。俺ひとりじゃできんっちゃん」

いったい自分になにをさせるつもりなのだろうか。猿渡は怪訝そうに尋ねる。「今度は何かちゃ」

「あのね――」

馬場の頼みを聞いた瞬間、

「……はあ？」

猿渡は目を剝いた。

なにを考えているんだ、こいつは。

「お前、アホなん？　そんなことしたら、お前、二度と――」

だが、馬場は頷いた。本気のようだ。

「それ、社長命令なん？」

「うん」

笑顔で答える馬場に、猿渡は顔をしかめた。

「……嫌な役目やらせやがって」

延長11回裏

階段を駆け下り、馬場と猿渡は一階に到着した。

エントランスにも嫌な臭いが充満している。引火すればひとたまりもないだろう。

不意に電子音が聞こえ、馬場は振り返った。高層階用のエレベーターに動きがあったようだ。

馬場は足を止めた。

「なんしよんかちゃ！」猿渡が叫ぶ。「はよ逃げるぞ！」

「先に行っとって」

馬場は答え、腰の日本刀を抜いた。

「まだひとつ、仕事が残っとる」

皆まで言わずとも猿渡はすべてを察したようだった。ただ「死ぬなよ」と、一言だけ告げた。

馬場は笑った。「俺が死んだら、殺せんもんね」

「……うっせえちゃ」

吐き捨て、猿渡は走り出した。

その背中を見届け、馬場は振り返った。エレベーターが一階に到着する。左右の扉がゆっくりと開く。

中にいたのは、やはり予想通りの人物だった。

「待っててくれたんだ、兄さん」

嗣渋が目を細めた。

切り落とされた右手には包帯が巻かれていた。十二階の救護室で手当をしたのだろう。逆の手には、白い鞘に納められた日本刀が握られている。それを杖代わりにしてエレベーターを降りた男に、馬場は声をかけた。

「あんたと、決着をつけようと思って」

「俺も同じ考えだよ」馬場を睨み、吐き捨てるように嗣渋が言う。「……なにからなにまでそっくりで、反吐《へど》が出るね」

包帯は赤く染まっている。出血が酷い。常人ならば立っているのもやっとの状態だろうが、嗣渋は戦意を剥き出しにしている。左手と口を使い、器用に鞘から刀を抜いた。

「……嫌いだったよ、兄さんのことが」

一瞬だけ、嗣渋の顔から笑みが消えた。

「会う前からずっと、嫌いだった。存在自体が邪魔だった」

「それはこっちの台詞《せりふ》たい」

馬場は刀を構えた。

その姿を、嗣渋は怪訝そうな目で見つめる。「そんな真似までして、いったいなにを企んでるの？」

「あんたを殺して、この会社を潰す。ただそれだけよ」

「俺の会社に手出しはさせない」

同じ顔に、同じ声。同じ服。同じ得物。――まったく同じ姿の二人が、同時に動き出す。

刃がぶつかり合う。

「足元がふらついとる。しんどそうやね」

「兄さんこそ、力が入ってないよ」

まるで、もう一人の自分と戦っているような気分だった。

「どちらかが死ぬまで続けよう」嗣渋の唇が弧を描いた。「愉しい兄弟喧嘩になりそうだ」

延長12回表

警報が鳴りはじめてから、林は急いでビルの外へと飛び出した。

周囲には、同じように逃げ出したマーダー・インク社員の姿が見える。皆、社屋に背を向けて走っている。建物の中は戦場と化していた。負傷者も少なくないようで、腹から血を流した男や足を引きずっている女もいた。

通行人がこの騒ぎに気付き、会社の周りに人が集まってきた。野次馬に紛れて様子を窺っていると、不意に電話がかかってきた。

馬場からだった。

『データはどうなった？』

訊かれ、林は声を潜めて答えた。「ああ、なんとか盗み出せた」

『……そうね、よかった』

「それよりお前、今どこだよ。早く逃げねえと、そのビル――」

『わかっとる』馬場が林の言葉を遮った。怪我でもしているのか、少し呼吸が荒い。

『でも、まだやらないかんことがあるっちゃん』

「馬鹿野郎、今すぐ逃げろって！」

一瞬、沈黙が降りた。

数秒置いてから、

『あとは頼んだばい、リンちゃん』

電話が切れてしまった。

すぐにかけ直したが、繋がらなかった。林は舌打ちした。なにをする気なのかは知らないが、放ってはおけない。林が建物の中に戻ろうとしたところで、けたたましいサイレンの音が聞こえてきた。

警察が来たようだ。数台のパトカーがビルを取り囲んでいる。車を降りた警官たちが慌ただしく動き出す。野次馬を下がらせ、規制のバリケードテープを張っている。

それを潜ろうとしたところ、

「この会社の方ですか？」

と、警官が林を呼び止めた。

「いや、俺は取引のある業者で、この中に用が――」

「危ないです、入らないで！」

警官は林の体を押し返した。

「このビルがもうすぐ爆発するという匿名の通報がありました！　危ないですので、下がってください！」

野次馬が騒ぎ出した。現場から逃げる者もいれば、スマートフォンのカメラを構えている者もいる。

次いで、消防車が到着した。

厳戒態勢だ。規制線の中には入れてもらえそうにない。これではビルに近付くことすらできない。

再び馬場に電話をかけたが、やはり出なかった。

轟音《ごうおん》が響いたのは、その直後のことだった。数回の爆発音とともに、ビルの窓ガラスが割れた。建物が火を噴き、黒い煙が上がっている。

消防隊員が現場を駆け巡る。さらなる被害に備え、救急車も数台到着した。

激しく炎上するビルを、林はただ規制線の外から眺めることしかできなかった。

馬場は逃げられたのだろうか。そのことしか考えられない。

混乱する現場を固唾を呑んで見守っていると、しばらくして、ビルの中から男が出てきた。

馬場だった。

よかった、無事だったか。林は安堵の息を吐いた。

「馬場ぁ……っ！」

名前を呼んだ直後、彼の姿に違和感を覚えた。

――右手がない。

手首から先が切り落とされ、ネクタイで縛って止血してあった。その断面からは血が滴り落ちている。

なぜ片方の手がないのか、林はすぐに思い至った。その理由を知っている。彼の右手を運んだのは、自分だからだ。

「うそだろ、そんな――」

あれは、馬場じゃない。

林は男を凝視した。あのとき監視カメラで見た、屋上にいた男。馬場にそっくりだが、馬場じゃない。

あれは、嗣渋司だ。

男は笑っていた。声をあげて。まるで、今のこの状況を愉しんでいるかのように。

警官に取り囲まれ、嗣渋がゆっくりと両腕を上げた。負傷した右腕の動きは鈍い。

「……これは、さすがにゲームセットかな」

地面に膝をつき、片腕を頭に乗せた。その瞬間、警察がすぐさま身柄を確保した。

嗣渋は抵抗しなかった。警官に拘束されたまま、救急車へと運び込まれていく。

九州新聞　朝刊
【福岡市内のビルで火災　死傷者多数】
×日午後五時頃、福岡市内のオフィスビルにて火災が発生し、火はおよそ四時間後に消防によって消し止められたが、ビル内からは多数の遺体が発見された。
捜査関係者によると、救急搬送された男が事件に関わっていると見られ、警察は回復を待って話を聞く方針という。

延長12回裏

九州新聞　朝刊
【オフィスビル火災　副社長が放火か】
×日夕方、福岡市早良区《さわらく》百道浜にある地上十四階・地下一階建てのオフィスビルにて爆発を伴う火災が発生し、社員ら男女五十人以上が救急搬送され、うち四十八人の死亡が確認された。福岡県警は殺人と現住建造物等放火の疑いで、ビルを所有する人材派遣会社の副社長、嗣渋司容疑者（27）を逮捕した。
捜査関係者によると、嗣渋容疑者が事情聴取の際、犯行を仄めかす供述をしたという。嗣渋容疑者は搬送先の病院で治療を受けており、重篤な状態。会社の相続権を巡って親族間でトラブルがあり、兄を含む数人を殺害した上、火を放った疑いがもたれている。

『――嗣渋容疑者は会社の相続権を巡って兄弟間でトラブルを抱えており、兄の馬場善治さんを殺害し、会社に火を放ったと見られています』

ローカル番組のアナウンサーが、神妙な面持ちで原稿を読み上げている。

『警察は慎重に調べを進め、遺体の身元の確認と事件の解明を――』

林はリモコンを手に取り、テレビを消した。

報道番組はどこも同じような情報ばかりを流している。マーダー・インクなんて社名は一切出てこない。ただの人材派遣会社で起こった親族間のトラブル。それに多くの社員が巻き込まれ、犠牲になった――そういう筋書きだ。報道規制が敷かれているのかもしれない。

あれから一週間以上が経った。

馬場からの連絡は、まだない。

あの日、嗣渋が逮捕された後、黒煙を上げて炎上するビルの前で林は待ち続けた。

警察や消防や救急隊員が慌ただしく駆け回る現場を、規制線の外からずっと見つめていた。

だが、馬場は現れなかった。

火が消し止められ、ビルの中から次々と人が運び出されていく。息のある者は少なかった。ほとんどが負傷し、一部の人間は黒焦げになっていた。

あのとき、馬場は電話で言っていた。やることがある、と。

だが、ビルの中に残っていたとは限らない。

きっと大丈夫だ。馬場は生きている。逃げ延びて、どこかにいるはずだ。林はそう自分に言い聞かせた。

そのときだった。事務所のドアが開いた。はっと立ち上がり、入り口に視線を向ける。

馬場が帰ってきたかと思ったが、違った。

そこに立っていたのは、重松だった。

なんだ、と拍子抜けし、再び腰を下ろそうとしたが、

「林、話がある」

真剣な表情で呼ばれ、林は動きを止めた。彼の方へと向き直り、「どうした」と尋ねる。

重松は視線を落とした。しばらく黙り込んでいた。これまでにないほど思い詰めたその顔を見て、嫌な予感がした。吉報を持ってきたわけではないことは一目瞭然だった。

恐る恐る、もう一度「どうしたんだよ」と問い詰めると、彼は重い口を開いた。

「馬場の遺体が見つかった」

言葉の意味が理解できなかった。

「……今、なんて？」

訊き返すと、重松の顔が歪んだ。

「爆発に巻き込まれたのか、木っ端微塵《こっぱみじん》になった男の遺体があった。辛うじて残っていた肉片をかき集めて調べたら、馬場のＤＮＡと一致した」

「嘘だ」

受け止めきれなかった。林は首を左右に振った。

「そんなはずはない」

信じられない。

あいつが死んだなんて。ありえない。

絶対に違う。警察の捜査が間違っている。そうとしか思えない。林は強い口調で反論した。「その、ＤＮＡ鑑定が間違ってるんじゃ――」

「この事務所から採取した髪の毛を使ったんだ。ベッドと、風呂場から。何度も調べ直した。間違いはない」

「そんなわけな――」

「俺だって信じたくないさ、あいつが死んだなんて！」

重松が叫んだ。

「……事実なんだよ、林」

重松は、泣いていた。

震える声で、呟くように言う。「あいつは、死んだんだ」

なにも言い返せなかった。全身から力が抜けていく。立っていることができなくなり、林はその場に膝をついた。

＜初出＞
本書は書き下ろしです。

この物語はフィクションです。実在の人物・団体等とは一切関係ありません。

◇◇メディアワークス文庫

博多《はかた》豚骨《とんこつ》ラーメンズ13

木崎《きさき》ちあき

2024年4月25日　初版発行

発行者　山下直久
発行　株式会社KADOKAWA
〒102-8177　東京都千代田区富士見2-13-3
0570-002-301（ナビダイヤル）
装丁者　渡辺宏一（有限会社ニイナナニイゴオ）
印刷　株式会社暁印刷
製本　株式会社暁印刷

●お問い合わせ
https://www.kadokawa.co.jp/（「お問い合わせ」へお進みください）
※内容によっては、お答えできない場合があります。
※サポートは日本国内のみとさせていただきます。
※Japanese text only
※定価はカバーに表示してあります。

Printed in Japan
ISBN978-4-04-915741-3 C0193

メディアワークス文庫　https://mwbunko.com/

本書に対するご意見、ご感想をお寄せください。
あて先
〒102-8177　東京都千代田区富士見2-13-3
メディアワークス文庫編集部
「木崎ちあき先生」係

百合の華には棘がある

木崎ちあき

舞台は東京！『博多豚骨ラーメンズ』のその先を描いた新シリーズ開幕！

犯罪都市・東京。この街で探偵社を営む小百合は、行き倒れていた元格闘家のローサを拾う。行くあてのない彼女から頼みこまれ、行方不明の姉を捜す代わりに、仕事を手伝ってもらうことに。
馴染みの議員・松田から依頼されていた花嫁の素行調査に、ローサとともにあたる小百合だったが……。花嫁の実像に近づくほど、浮かび上がるいくつもの疑念。見えるものだけが、真実なのか――？　やがて小百合達は、15年前、国家権力に葬られたある事件へと導かれていく。

メディアワークス文庫